Prinz Eisenherz

Abenteuerliche Rückkehr nach Camelot
Verrat an König Arthurs Hof

Von Harold Foster

in der neuen Bearbeitung von
Christiane de Troye und Eberhard Urban

Edition Aktuell

CIP-Kurztitelaufnahme der Deutschen Bibliothek

Foster, Harold:
Prinz Eisenherz von Harold Foster,
Menden/Sauerland: Edition Aktuell
Einheitssacht.: Prince Valiant
Teilw. verf. von Harold Foster u. Max Trell
NE: Trell, Max;
Bd. 7. Abenteuerliche Rückkehr nach Camelot.
Verrat an König Arthurs Hof.
In der neuen Bearb. von Christiane de Troye
und Eberhard Urban. – 1984.
ISBN 3-924456-01-1
NE: Troye, Christiane de (Bearb.)

Einbandgestaltung Werbestudio Werner Ahrens

Satz und Film: Alois Knab
Druck und Einband: Ueberreuter Buchbinderei
& Buchproduktion Ges. m. b. H.,
2100 Korneuburg
Printed in Austria

Abenteuerliche Rückkehr nach Camelot

Prinz Eisenherz war durch Palästina, das Heilige Land der Christen, durch Syrien und Mesopotamien gereist. Er war in Babel gewesen, hatte die Ruine des Turms gesehen, der einst bis in den Himmel hineinragte. Nicht nur Abenteuer und Aufregung hatten er und sein Sohn Arne erlebt. Für die schöne Königin der Nebelinseln, seine geliebte Aleta, hatte Prinz Eisenherz Handelsverträge abgeschlossen. Der tapfere Held hatte bewiesen, daß er auch ein geschickter Händler war. Jetzt trieb ihn die Sehnsucht nach Westen. Wochenlang war die Karawane an den Ufern des Euphrat entlanggezogen, dann überquerte sie das öde Hochland.

Die Karawane hatte nach langer Reise ein grünes Tal erreicht. Hier, in der Stadt Aleppo, kreuzten sich viele Wege. Prinz Eisenherz hastete zur Karawanserei, die Briefe, die auf ihn warteten, abzuholen. Aleta schrieb ihrem Prinzen, daß seine wagemutigen Handelsreisen erfolgreich gewesen wären, daß ihre Schiffe reiche Last transportierten, daß er sich beeilen sollte, endlich nach Hause zu kommen. Ja, Boltar erwartete ihn schon im Hafen von Antiochia. Die Karawane zog schnell weiter nach Westen. Eisenherz war ungeduldig, den ungestümen Wikinger zu treffen. Das war nicht schwer. Boltars dröhnende Stimme übertönte den Lärm des geschäftigen Hafens. Eisenherz schien es, als hörte er in dieser Stimme Wut, Zorn, Kampfeslust.

Boltar, seine große Streitaxt in den Händen, verwehrte gerade der Hafenwache, ihn oder seine Männer festzunehmen und in den Kerker zu schleppen. Laute Worte flogen hin und her. Aber Boltar überschrie alle. Wer sich vor seiner Axt und seinen bewaffneten Männern nicht fürchtete, der wurde durch das donnernde Grollen aus seiner Kehle eingeschüchtert. Eisenherz ritt am Kai entlang zu Boltars Drachenschiff. Während die Lasten auf das Schiff geladen wurden, entlohnte er die Kamelreiter.

Boltar kletterte an Bord, wütend murmelnd: ,,Diese schäbigen Kerle. Und diese gierigen Kaufleute, die werden kein Geschäft mehr mit mir machen."

Boltar umarmte Prinz Eisenherz, froh, den Freund wiederzusehen. Er erklärte: „Ich habe meine Männer an Land gehen lassen. Sie sollten ein bißchen Spaß haben. Du weißt, wie sie sind. Und jetzt verlangen diese wunderlichen Krämer von Antiochia Schadenersatz!“ Er schüttelte den Kopf, verwundert über die Ungerechtigkeit in dieser Welt.

Boltars Drachenschiff stach in See, Prinz Eisenherz und Arne auf die Nebelinseln zu bringen, heim zu Aleta. Es war zu merken, daß das schlanke Schiff diese Route schon einmal gesegelt war. Die Handelsschiffe, die in die Nähe kamen, änderten schnell ihren Kurs, ergriffen die Flucht und suchten im nächsten Hafen Zuflucht. Dort besetzten Speerträger die Wälle und Festungsmauern.

„Hast du schon mal solche mißtrauischen Kerle gesehen?“ murmelte Boltar, „ihr Mangel an Vertrauen erweckt in mir ein unangenehmes Verlangen.“ Prinz Eisenherz mußte seinem gekränkten Freund gut zureden, seinem Verlangen nicht nachzugeben. Aleta erwartete ihren Mann. Ein ungeduldiger Prinz wollte seine Frau wieder in die Arme schließen.

Wieder einmal kehrte Eisenherz zurück - zu einer Frau, die ihm verändert schien. Reif, ausgeglichen, ernst. Welch ein Unterschied zu der jungen Königin von einst. Sie näherte sich ihm langsam, wie um des Wiedersehens und der Begrüßung Freude zu verlängern. Sie war liebevoller denn je. Seine Augen, groß vor Staunen, blickten zu ihr empor. Er fand keine Worte. Aleta lächelte, dankbar und zufrieden - dieser liebe Junge hatte sich kein bißchen verändert.

Wie kann ein Mann je lernen eine Frau zu verstehen, die sich mit der Zeit ändert? Es ist nicht überliefert, daß Prinz Eisenherz auf diese Frage eine Antwort fand. Arne fand ein Publikum, dem er von den Wundern, die er gesehen, von den Abenteuern, die er erlebt, erzählen konnte. Eisenherz verbrachte glückliche Stunden mit seiner Familie.

Prinz Eisenherz beobachtete entzückt seine Frau. Wer hätte vermutet, daß in diesem hübschen Köpfchen so viel Weisheit steckte? Sie war wirklich eine Königin, deren Autorität nicht umstritten war. Auch im Rat der Alten, in dem stets laute Debatten stattfanden, war ihre Klugheit anerkannt. Ihre Befehle wurden stets ausgeführt.

Sie war das Befehlen so gewöhnt, daß sogar ihr Ehegatte nicht verschont blieb. Auch er bekam ihre herrische Haltung zu spüren. In der eiseskalten Stille merkte sie ihren Fehler.

Aber schnell fand Aleta zu ihrer erprobten Form der Diplomatie zurück. Und der ärgerliche kalte Blick von Eisenherz wich einem warmen Leuchten. Aleta setzte natürlich ihren Willen durch – auf ihre süße Art. – Während Aleta, liebevoll umfangen von den stolzen Armen Prinz Eisenherz', ihrem Mann bewies, daß die Herrscherin eines Königreichs nur eine anschmiegsame Frau war, die sich gern der Kraft eines Helden hingab, herrschte im Hafen große Aufregung. Ein Schiff hatte die Nebelinseln erreicht. Ein verwundeter Ritter wurde von Bord getragen. Er bestand darauf, nicht in ein Krankenhaus, sondern unverzüglich zum königlichen Palast getragen zu werden.

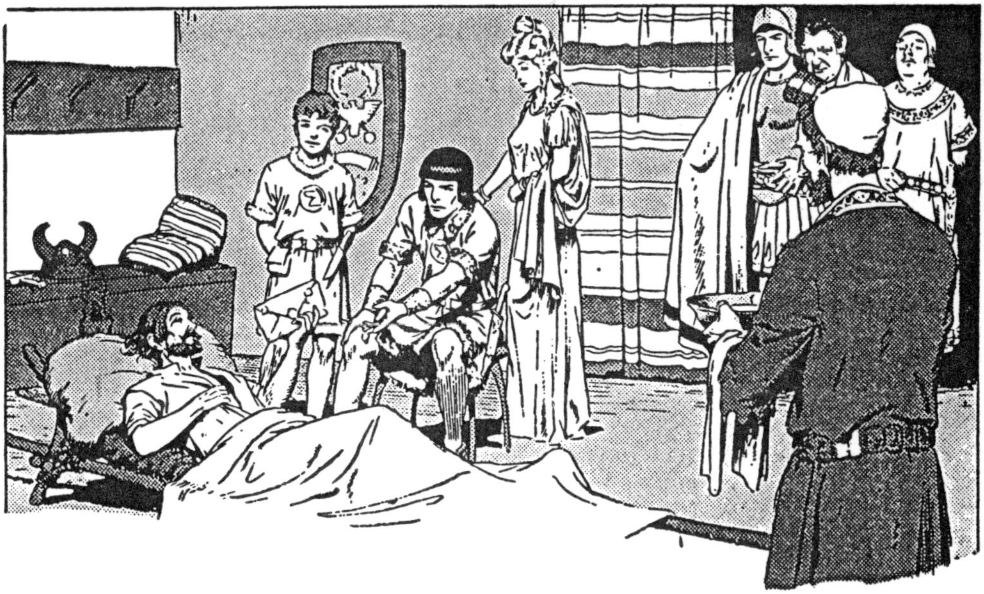

Sir Gosforth, der kranke Ritter, erhielt im Palast der Königin der Nebelinseln erste Hilfe. Mit schwacher Stimme berichtete er: „Ich bringe eine Botschaft von König Arthur für Prinz Eisenherz.“ Er öffnete sein Wams, zog einen versiegelten Brief, den er auf der Brust verborgen hatte, hervor. „Wir waren vier Ritter, die König Arthur zu sich befahl. Er übergab uns diesen Brief und sagte: Bringt diese Nachricht zu Prinz Eisenherz auf die Nebelinseln. Ich sende vier tüchtige Ritter aus. Der Weg durch Gallien ist gefährlich, einer von Euch muß durchkommen.“ Sir Gosforth gab Eisenherz den Brief, der las: „Ihr, Prinz Eisenherz, seid am besten geeignet, unser Botschafter in Rom zu sein. Geht zum Kaiser von Rom, ersucht ihn um seine Hilfe, einen Weg durch Gallien zu öffnen. Sonst ist das christliche Britannien von der übrigen Christenheit abgeschnitten. Ich, Arthur, König von Britannien, vertraue Euch, Prinz Eisenherz, das Schicksal meines Königreichs an.“

„Wenn meine Aufgabe in Rom beendet sein wird, werde ich nach Camelot reisen müssen, dem König vom Erfolg zu berichten – oder vom Fehlschlag meiner Bemühungen", erklärte Eisenherz. Aleta lächelte: „Ich habe schon alles vorbereitet. Die Regierung liegt in den treuen Händen des Rates, wenn ich mit dir die Nebelinseln verlassen werde. Und es wird auch eine große Handelsunternehmung werden. Eine Flotte, mit Waren beladen, wird Zinn, Pelze, Amber und Gold tauschen. Wenn der Weg durch Gallien verschlossen ist, eröffnen wir einen Seeweg."

Königin Aleta verließ ihr kleines glückliches Königreich. Während ihres kurzen Aufenthalts waren starke Festungsmauern errichtet worden, war eine Invasion gescheitert, hatten die Schiffe einer aufgebrachten Flotte den Reichtum durch Handel vermehrt.

Prinz Eisenherz und Arne verließen die Nebelinseln an Bord von Boltars Schiff. In Gibraltar wollten sie Aletas Flotte wieder treffen. Die Nebelinseln verschwanden im Dunst.

Boltars Schiff legte in Ostia an. Auf dem Weg nach Rom sahen Eisenherz und Arne von Unkraut überwucherte Felder, zerfallene Häuser, ausgeraubte Gräber. Die wenigen Menschen, die ihnen begegneten, waren in Lumpen gehüllt.

Prinz Eisenherz und Arne ritten durch ein Tor in die Stadt hinein. Dem jungen Prinzen stockte der Atem. „Die Tempel und die Paläste machen Rom zur Königin aller Städte", aber er fügte hinzu: „Die Bettler in Bagdad allerdings sind besser gekleidet als die Bürger Roms."

In einem Palast fanden sie Unterkunft. Der Besitzer, ein Patrizier, war schon so oft ein Opfer von Raub und Plünderung geworden, daß er froh war, zahlende Gäste beherbergen zu dürfen.

Prinz Eisenherz bemühte sich bald, seines Königs Auftrag auszuführen, mit dem römischen Kaiser zu verhandeln. Nur mit Bestechung gelangte er vom Torhüter zum kaiserlichen Kammerherrn. ,,Es wird ein Vermögen kosten, bis zum Kaiser vorzudringen", stöhnte er leise. Solch krumme Touren war er nicht gewöhnt. Er fühlte sich erniedrigt, seine Enttäuschung offenbarte er seinem vornehmen Gastgeber: ,,Wer weiß, wie lange es dauern wird, bis ich meine Botschaft dem Kaiser vortragen darf." Die Antwort des Römers gefiel dem Prinzen: ,,Ich habe meine gesellschaftliche Stellung bewahren können, auch einigen Einfluß. Ich könnte Gäste, die wichtige Posten in der Regierung innehaben, zu einem Bankett einladen. Vielleicht ist das für Euch nützlich. Aber Ihr müßt den Aufwand bezahlen. Ich habe kein Geld."

Rom, eine Königin, die sorglos ihren Lebensweg gegangen war, trug jetzt ein schmutziges Gesicht und zerschlissene Kleider, wartete auf weiteres Mißgeschick. Die Straßen erzählten Arne eine traurige Geschichte. Armut war das, was den Menschen in Mengen zugeteilt worden war. Gruppen von Barbaren durchstreiften die Stadt, auf der Suche nach Vergnügungen. Zwei schöne Säulen, kunstvoll aus Marmor gehauen, standen vor einem zerfallenen Palast. Johlend und gröhlend zerrten Goten an einem Seil. Schließlich wankten die Säulen, stürzten und zerbrachen.

Und während die barbarischen Goten sich an der weiteren Zerstörung des untergehenden Roms ergötzten, schritt Arne weiter.

Hinter einer hohen Gartenmauer hörte er lieblichen Gesang. Nur in einem wunderschönen Garten konnte eine so glückliche Stimme ertönen. Arne war neugierig, er wollte Garten und Sängerin sehen. Vom Fenster eines zerstörten Hauses wäre es möglich gewesen. Doch Arne stand vor einem Rätsel. An der Außenseite des Hauses war ein Fenster – an der Innenseite aber keines! Gab es vielleicht einen Geheimgang? Er kletterte zur Mauerkrone und entdeckte in der dicken Außenmauer eine Treppe. Und ein Fenster. Seine Neugierde ließ ihn weitergehen.

Arne konnte das Dach eines Pavillons sehen. Die Treppe führte weiter ins Dunkel. Unten ein Lichtschimmer. Arne stieg hinab, ein Tritt gegen das verrostete Schloß eines Eisengitters, und er stand im Garten, umgeben von Unkraut und Dornengestrüpp. Auf einem überwachsenen Fliesenweg kroch er langsam vorwärts. Plötzlich befand er sich inmitten eines blühenden Gartens. ,,Ich habe dich kommen hören“, rief eine Stimme, ,,bist du ein Prinz?“ Arne blieb erschrocken stehen.

„Ja, ich bin Prinz Arne“, antwortete er gehorsam. „Reitest du auf einem weißen Pferd?“ fragte das Mädchen. „Ja, in Camelot habe ich ein weißes Pferd.“ „Dann bist du gekommen, mich aus diesem Zaubergarten zu erlösen. Denn nur ein Prinz auf weißem Pferd kann den Fluch der bösen Hexe brechen, die mich hier schon lange gefangenhält.“

Welch eine seltsame kleine Elfe, wunderte sich Arne, sie hatte ihm aber nicht ein einziges Mal in die Augen gesehen.

„So, gestern war ich eine gute Fee. Heute bin ich nur deine alte Nanna, die das Essen aufgetragen hat.“ Eine gütig lächelnde Frau stand vor den beiden, die kräftigen Arme in die breiten Hüften gestützt. „Hast du gemerkt, wie sie sich verwandeln kann?“ flüsterte das Mädchen Arne zu. Sie griff nach ihm, verfehlte ihn, versuchte wieder, ihn anzufassen, packte ihn am Ärmel. „Komm mit, mein Prinz“, sagte sie mit ihrer lieblichen Stimme. Erst jetzt begriff Arne, daß dieses schöne Mädchen blind war. Sie lebte in der Zauberwelt der Phantasie.

Das schöne blinde Mädchen bat ihren Prinzen: „Rette mich später. Jetzt wollen wir erst essen.“ Sie griff wieder nach Arne, fand seine Hand, führte ihn durch den Zaubergarten ihrer Phantasie. Langsam schritten die beiden jungen Menschen zwischen den üppig blühenden Pflanzen dahin. Mit Bedauern dachte Arne daran, daß sich seine Begleiterin nur am süßen Duft der Blumen erfreuen, aber die bunte Pracht nicht mit staunenden Augen erschauen konnte. Hand in Hand schlenderten die beiden hinter der Nanna, dem gütigen Kindermädchen, durch das schwarze Reich, in dem die kleine Blinde lebte - wie es schien, glücklich und zufrieden. Mit ihrer süßen Stimme summte sie ein Liedchen.

Sie erklärte Arne den Weg: „Paß auf, jetzt kommen drei Stufen, stolpere nicht." Arne hatte das Gefühl, in einem Feenmärchen zu leben – und er merkte jetzt, daß sie blind war und nicht wußte, daß andere sehen konnten. Sie setzte sich an die gedeckte Tafel und plauderte fröhlich: „Meine Mutter kommt, sie ist sehr schön. Und das ist mein Vater, er ist groß und kräftig." Und dann flüsterte sie: „In Wirklichkeit bin ich gar keine Prinzessin. Aber wenn mein Vater Kaiser wird, dann werde ich eine richtige Prinzessin. Dann kannst du mich retten." Ein vornehmer Römer und seine Gattin traten an den Tisch. Sie wunderten sich über den unbekannten Besucher.

„Wie kommt dieser Junge in den Garten? Wer ist das überhaupt?“ begehrte der Vater des blinden Mädchens, Marcus Severis, zu wissen. „Ich bin Prinz Arne, Sohn von Prinz Eisenherz. Gekommen bin ich durch einen Geheimgang in der Mauer des Nachbarhauses, über einen versteckten Weg hinter dem Dornengestrüpp.“ „Prinz Eisenherz?“ meinte der Römer nachdenklich, „das ist doch der Ritter, der im Auftrag des britannischen Königs Arthur versucht, eine Audienz beim Kaiser zu erhalten.“ Arne berichtete von der Aufgabe seines Vaters, von dessen Schwierigkeiten, den Kaiser zu sprechen. Aufmerksam hörte Marcus Severis zu.

Als Arne seinen Bericht beendet hatte, wandte das blinde Mädchen ihr hübsches Gesicht dem Prinzen zu, hob in einer Geste des Bittens die Hände und flehte ihren Vater und den Gast an:

„Darf mir der Prinz von seinen Abenteuern erzählen?" Nachdem Arne das Mädchen mit einigen Geschichten unterhalten hatte, forderte ihr Vater ihn auf: „Kommt, zeigt mir den versteckten Weg." An der zerborstenen Pforte sprach der Römer: „Ich weiß, junger Freund, daß die Tür repariert werden muß. Ich wollte allein mit Euch reden. Achtet bitte sorgfältig darauf, was Ihr meiner Tochter erzählt. Ihr Leben wird nicht mehr lange währen, die Zeit, die sie noch bei uns ist, soll sie glücklich sein. Sagt ihr nicht, daß sie blind ist." – Die blicklosen Augen des Mädchens weiteten sich vor Staunen, als Arne ihr die Sagas des Nordens erzählte.

Die alte Nanna mußte schließlich die spannenden und fröhlichen Geschichten, die Arne dem Mädchen erzählte, unterbrechen: ,,Komm Kind, heute hast du genug erlebt. Nun ist es Zeit, dich auszuruhen.“ Prinz Arne verabschiedete sich von seiner schönen blinden Freundin und versprach: ,,Ich werde bald wiederkommen.“ Als Arne die Villa verlassen wollte, hielt ihn Marcus Severis zurück. ,,Du hast meiner Tochter viel Freude bereitet. Aus Dankbarkeit könnte ich dem edlen Eisenherz Enttäuschungen ersparen. Schickt ihn zu mir.“ Arne eilte zur Unterkunft. Aber sein Vater begrüßte eben die Gäste, die zum Bankett eintrafen. So mußte das Angebot bis zum Morgen warten.

Das große Bankett, von Prinz Eisenherz für die Mächtigen Roms gegeben und bezahlt, wurde üppig gefeiert. Doch jedesmal, wenn Eisenherz das Gespräch auf sein Anliegen bringen wollte, wechselten seine Gäste geschickt das Thema. Sie würden niemandem helfen, erkannte Prinz Eisenherz, nur sich selbst. Die Unterhaltung war geistreich und witzig, aber jede politische Äußerung wurde vermieden – als wäre sie eine Bedrohung. Als im Morgengrauen das Fest zu Ende war, wußte Eisenherz: trotz ihrer Ausgelassenheit und ihres lauten Gelächters mißtrauten sie einander, einer fürchtete den anderen.

„Mein Plan hat sich als ein Fehlschlag erwiesen", sprach Eisenherz' Gastgeber, „ich habe den Eindruck, meine Freunde würden Euch eher hindern als helfen, den Kaiser zu treffen." Arne erzählte von dem blinden Mädchen und von ihrem Vater Marcus Severis, der Eisenherz nützlich sein könnte. Eisenherz wollte nichts unversucht lassen. Deshalb ließ er sich den Weg von Arne weisen. Das blinde Mädchen führte ihren Freund in den Garten. Marcus Severis bat Prinz Eisenherz, Platz zu nehmen. „Mein Auftrag ist einfach: Wenn die Straße durch Gallien nicht offen ist, ist das christliche Britannien von der übrigen Christenheit abgeschnitten. König Arthur hofft auf die Hilfe des Kaisers."

„Ihr werdet Eure Bitte nicht vorbringen können", meinte der Römer, „der Kaiser ist von kriecherischen Günstlingen umgeben. Wer sollte seine Stellung riskieren, um eine unangenehme Bitte um Hilfe zu unterstützen? Rom kann noch nicht einmal seine eigenen Mauern schützen. Unsere Legionen können nicht verhindern, daß die Goten den Rhein überschreiten. Wie sollten sie eine lange Straße sichern? Roms Schicksal ist besiegelt. Das Volk hungert, Reichtum und Macht sind in den Händen der selbstsüchtigen Wenigen." „Dann ist mein Auftrag gescheitert", sagte Eisenherz. Arne mußte sich von seiner Freundin verabschieden: „Wenn mich das Glück wieder hierher führen wird, werde ich dir neue Geschichten erzählen."

Prinz Eisenherz verließ enttäuscht Rom. Arne blickte sich oft um. Ob Rom zerstört würde und untergehen wie Babylon? Ob es die ewige Stadt bliebe?

Mit Boltars Langschiff segelten sie weiter. Eisenherz hatte in Rom viele Landkarten gekauft, die er jetzt studierte. Eine frische Brise brachte sie nach Menorca. In einer geschützten Bucht lagen Aletas Schiffe, von einem Sturm vom Kurs abgetrieben, warteten sie hier auf günstigere Winde. Welch ein Glück, viele Wochen eher trafen sich Eisenherz und Aleta.

Prinz Eisenherz befestigte eine Karte an der Wand, zeichnete mit roter Kreide eine Linie ein. „Das ist der Weg nach Britannien“, erklärte er. Mit blauer Kreide zeichnete er eine andere Linie. „Das ist ein neuer Weg, den ich erforschen will. Wenn hier eine Straße gebaut werden kann, kürzt das den Weg um mehr als tausend Meilen Seereise ab.“ Und so begaben sich Eisenherz und Arne zu einem neuen Abenteuer. Aleta seufzte. O nein, sie würde nicht einsam sein, hatte sie doch noch drei Kinder, um die sie sich kümmern mußte.

Wo die Abhänge der Pyrenäen ins Meer fallen, liegt eine kleine Stadt. Im Süden Hispania, im Norden Gallien. Hier ging Eisenherz an Land. Er suchte sich einen landeskundigen Führer und kräftige Pferde. Boltar segelte wieder aufs Meer hinaus, während Eisenherz einen steilen Bergpfad hinaufritt, ungeeignet für eine Straße quer übers Land von Meer zu Meer.

„Eine Straße, wie sie Ihr Euch vorstellt“, erklärte der Führer, „ist weiter im Süden möglich. Aber die Goten haben das Land überrannt. Ihre Horden beherrschen weite Gebiete. Einige sind seßhaft geworden, andere ziehen weiter, neue Gruppen folgen! Das Land ist in Aufruhr. Selbst eine Armee könnte den Weg nicht sichern.“ Von einem Felsvorsprung überblickten sie die wilde und zerklüftete Landschaft. Und der Einheimische berichtete weiter: „Im Süden Galliens gibt es eine Straße, die dem Fluß Garonne folgt. Doch dort tobt unaufhörlich Krieg, mächtige Stammesfürsten bauen hohe Steinwälle und riesige Bur-

gen, um zu befestigen, was sie als ihr Eigentum beanspruchen. Und wer glaubt, daß sein Gebiet zu klein ist, beansprucht mit Waffengewalt das seines Nachbarn.“

Prinz Eisenherz und Arne studierten die Karten, die zum Teil sehr ungenau waren. Die Zeichner hatten die weißen Flecken, wo sich unbekannte und unerforschte Berge und Flüsse befanden, mit viel Phantasie ausgefüllt. Die beiden Erkundungsreisenden beschlossen, das schroffe Gebirge zu verlassen und das Hügelland zu durchqueren.

Nicht weit vom Lagerfeuer entfernt, an dem Eisenherz, Arne und ihr Führer das Essen vorbereiteten, schritt ein Mann über die Hügel. Justin hatte seines Vaters Schwert und Panzerhemd genommen und war vor zwei Jahren in den Krieg gezogen, sein armes Dorf hinter sich lassend. Nun war er zurückgekehrt – an Wunden und Narben reich. Verzweifelt hatte er in den Ruinen seines Elternhauses gesessen. Er wußte nur zu gut aus eigener bitterer Erfahrung, was einem friedlichen Dorf im Krieg geschehen konnte. Essensduft riß ihn aus seiner Verzweiflung. Seine Nase führte ihn, der viel Hunger gelitten und tagelang nicht mehr gegessen hatte, zum Lager. Leise zog er sein Schwert, schlich sich näher. Eisenherz hörte ihn kommen, setzte seinen Helm auf, zog das Singende Schwert.

Langsam senkte Eisenherz sein Singendes Schwert. Der Krieger tat es ihm gleich. Eisenherz nahm sein Schwert von der rechten in die linke Hand. Seine geöffnete rechte Hand hob er nach oben. Der Krieger folgte seinen stummen Gesten. Die verständliche Zeichensprache war eindeutig: Prinz Eisenherz bot Frieden an. Der Fremde nahm den Frieden an.

Eisenherz steckte sein Schwert in die Scheide, mit einer Handbewegung lud er Justin ein, mit ihnen das Essen zu teilen. Es war kein Zweifel, daß dieser Mann am Rande des Verhungerns war. Erst als er gegessen hatte, sein Hunger gestillt war, begann er zu erzählen. Er deutete auf das fruchtba-

re Land unter ihnen, berichtete vom andauernden Krieg, der gnadenlos und verheerend war. Die Fürsten verließen ihre Festungen, fielen über ihre Nachbarn her und verwüsteten das Land.

Der Reiseleiter verabschiedete sich. Er wollte im Schutz der schroffen Berge bleiben. In der Ebene voller Kampf und Krieg fürchtete er, sein Leben zu verlieren. Prinz Eisenherz bezahlte ihm den Lohn. Justin trat an seine Stelle, gern nahm er diese Aufgabe wahr, brachte sie ihm doch Arbeit, Lohn und Essen.

Justin freute sich an seinen neuen Aufgaben. Nach den vielen Gefahren und Schrecken, die er erlebt und durchlitten hatte, kam ihm sein neues Leben im Dienst von Prinz Eisenherz wie eine Erholung vor.

Eines Tages – Eisenherz und Arne hatten ein Reh erlegt, Justin hatte ein Feuer gemacht, sie hatten gegessen, die frischen Vorräte eingepackt, waren weitergeritten – schlugen ihnen Entsetzen und Schrecken entgegen. Ein bewaffneter Gigant stand oberhalb eines Pfades. Er versperrte ihnen den Weg. Auf eine riesige Keule gestützt, blickte er drohend den drei Reitern entgegen. Er wankte und wich nicht von seiner Stelle.

Der Terror hielt die Reiter fest in seinem Griff. Endlich überwand Prinz Eisenherz den entsetzlichen Schrecken. Mit zitternder Hand lenkte er sein Pferd dem Giganten entgegen.

Er erinnerte sich an des weisen Merlin Rat, daß das scheinbar Übernatürliche oder Wunderbare eine natürliche Ursache habe. Schritt für Schritt näherte er sich langsam dem aufragenden Riesen. Den Schild abwehrbereit in der einen, das Singende Schwert in der anderen Hand.

Vorsichtig näherte sich Eisenherz dem drohenden Giganten, das Schwert schlagbereit in der Hand. Langsam kehrte Zuversicht in sein Herz ein. Sein Pferd zeigte weder Angst noch Scheu – also konnte die schreckliche Riesengestalt nicht aus Fleisch und Blut sein. Ein verhextes Wesen, eine Zaubergestalt? Nun stand Prinz Eisenherz direkt vor dem Riesen, in der starken rechten Hand das Singende Schwert. Er streckte den Schildarm aus, berührte mit der Hand die mächtige Brust des Giganten. Aus Gips geformt. Von der Hand eines großen Bildhauers. Eisenherz wunderte sich. Wohin mochte der Pfad führen, der von dieser Gestalt geschützt wurde? Warum sollten Besucher oder Eindringlinge abgeschreckt und bedroht werden?

Prinz Eisenherz ritt an der Figur vorbei, ängstlich beobachtet von Arne und Justin. Er folgte dem engen Pfad, der sich durch die Berge zwängte. Er verhielt, als die Berge zurückwichen und den Blick freigaben auf ein weites Tal mit bestellten Feldern und reichen Gärten. Wo auf den Abhängen der lieblichen Hügel Schaf- und Ziegenherden friedlich weideten. Kein Anzeichen von Behausungen, nirgends Arbeiter, Bauern, Hirten.

Prinz Eisenherz kehrte um und berichtete seinen Begleitern, was er gesehen hatte. „Laßt uns an der Figur, die ungebetene Gäste verscheuchen soll, vorbeireiten. Laßt uns dem Pfad folgen und durch das Tal reiten. Wir wollen erkunden, was sich an seinem anderen Ende befindet."

Am anderen Ende des Tales erhob sich auf einem Felsen ein ausgebranntes und verwüstetes Kloster. Ein furchtbarer Beweis, daß auch hier die Goten durchgezogen waren.

Der Pfad hatte sie am Rande des großen fruchtbaren Tales entlanggeführt. Am Felsenabhang, unterhalb der Ruine, endete der Pfad auf einem Plateau. Die verfallenen Treppenstufen waren von Gras überwuchert.

Prinz Eisenherz setzte sich nieder, grübelte über dem Geheimnis des verfallenen Klosters. Was bedeutete all dies? Die fruchtbaren und gepflegten Felder? Der Pfad, der hier endete? Das Gebäude, das gen Himmel ragte? Und nirgendwo ein Zeichen menschlichen Lebens!

Justin bereitete das Mittagessen vor, Arne suchte Brennholz. Die Suche fiel ihm nicht schwer. Am Rande des Plateaus lag ein großer Haufen Gestrüpp und Reisig. Beherzt griff Arne mit beiden Armen hinein, viel Brennmaterial für das Lagerfeuer zusammenraffend. Das dürre und dünne Holz, lose aufgeschichtet, rutschte zu Boden. Der Eingang zu einer Höhle wurde freigelegt. Arne blickte erschrocken auf und mit gellender Stimme . . .

. . . löste sich ein lauter Schrei des Entsetzens aus seiner weit aufgerissenen Kehle. Höllische Monster, Fieberträumen entstiegen, glotzten ihn aus dem Dunkel der Höhle an. Sogar der tapfere Vater des mutigen Arne wäre vor diesem Anblick des Grauens zurückgeschreckt – hätte ihm heute nicht schon eine Skulptur das Fürchten gelehrt. Auch diese Figuren des Horrors waren Menschenwerk. Keine Ausgeburten des Jenseits. Nur Werke einer unerschöpflichen Phantasie.

„Werke eines Meisters der Bildhauerkunst. Entstanden unter Hilfe vieler Schüler", mutmaßte Prinz Eisenherz, „ihre Waffen gegen Eindringlinge sind Furcht und Schrecken. Der Tunnel führt aufwärts zum Kloster. Also laßt uns dort einen Besuch abstatten, aber nicht auf diesem dunklen Weg."

Sie erklommen die steile Treppe, die gezückten Schwerter in der Hand. Die Treppe wäre leicht gegen eine Übermacht zu verteidigen gewesen. Oben im Kloster sprach Eisenherz: „Steckt die Schwerter weg. Wir werden zweifellos beobachtet. Wir wollen zeigen, daß wir in Frieden kommen." Im Schiff der Klosterkirche lagen Trümmer, Chor und Altar waren gut erhalten.

Wie es sich für einen guten Christen und Ritter der Tafelrunde geziemte, kniete Prinz Eisenherz vor dem Altar nieder, weihte sein Schwert erneut den Diensten seines Gottes und seines Königs. Da öffnete sich im Altarraum eine Tür. Der Abt, gefolgt von einer Schar seiner Leute, trat auf Eisenherz zu: „Wir entbieten den christlichen Herren ein herzliches Willkommen."

Bei einem Festmahl erzählte der Abt: „Wir haben das Hauptgebäude in Trümmern liegen lassen, umherstreifende Horden denken dann, die ganze Klosteranlage sei verfallen - und lassen uns in Ruhe. Nur die Landarbeiter verlassen durch den geheimen Tunnel das Kloster vor Sonnenaufgang und kehren erst am Abend zurück.“ Zur gleichen Zeit beobachteten Krieger das Kloster. Späher hatten dort Ritter gesehen. Diese Ritter wurden eben durch das Kloster geführt. Der Abt berichtete: „Unser Orden schickt Scholaren und Lehrer in die Welt, um die Lampen des Lernens in dieser dunklen Zeit leuchten zu lassen.“

„Das ist unser Bildhauer“, stellte der Abt vor, „Bruder Johann. Seine Heiligen und Märtyrer schmücken den Altar, seine Dämonen und Geister erschrecken die Fremden.“ „Ich weiß“, murmelte Eisenherz. Der Abt freute sich. Endlich konnte er zeigen, was die Ordensbrüder alles geleistet hatten.

Plötzlich ein lauter Schrei: „Die Goten! Die Goten kommen!“ Den steilen Abhang herauf stürmte ein Jüngling auf gehetztem Roß. Er war kein Klosterbruder - seine Kleidung war prächtig und reich. „Die Goten! Bereitet euch auf ihren Empfang vor“, keuchte er, sprang von seinem Pferd.

Aus dem Dunkel des Waldes zogen Krieger bergan. Tausend Speere blinkten in der Sonne. „Jetzt, Bruder Johann, darfst du dein Meisterwerk enthüllen. Wir beten für deinen Erfolg – unser aller Leben ist in Gefahr." Inzwischen hatte Stephan, der junge Bote, das Kloster erreicht. Eisenherz begrüßte ihn.

Nicht lange nach des jungen Stephan Ankunft erreichten die Goten die Klosterkirche. Ihre Horde war tausend Mann stark. Sie hatten Menschen in den Ruinen beobachtet. Und wo Menschen sind, da gibt es Beute. – Die Wisigoten oder Westgoten waren ein großer Stamm aus dem Norden. In der Zeit der großen Wanderungen der Völker trieb es sie quer durch Europa, sogar bis nach Nordafrika. Auf ihren Wanderungen wurden sie manchmal seßhaft und gründeten Königreiche – bis auch sie wieder vertrieben wurden. Seit dem Jahr 415 drangen die Goten in Spanien ein, wo sie sich niederließen, ein Königreich gründeten, sich mit den adligen Spaniern und Römern verbündeten. Aber die Goten, die jetzt vor der alten Kirche des Klosters standen, dachten nicht an die Zukunft. Sie waren arm, hatten einen langen Marsch hinter sich, waren hungrig.

Die Goten, aus Gallien, in das sie einst gekommen waren, vertrieben, wußten, daß große Steingebäude Angriff und Verteidigung, blutigen Kampf bedeuteten. - Im Gewölbe unter dem Kirchenschiff. Justin schlug mit Feuerstein und Stahl Funken, die in einen großen Strohhaufen fielen. Bruder Johann fachte das Feuer an, er blies aus Leibeskräften, bis helle Flammen emporzüngelten. Der dicke Qualm stieg durch Öffnungen in der Decke nach oben. Die Goten stürmten laut schreiend in das verfallene Kirchenschiff.

Durch ein Fenster oben in der Galerie blickten Prinz Eisenherz und Arne hinab. Rauch und Qualm stiegen aus dem großen Verschlag, den Eisenherz für einen zu großen Beichtstuhl gehalten hatte. Die heidnischen Krieger waren über die Trümmer geklettert, eingeschüchtert durch den immer noch eindrucksvollen Bau der Kirche. Langsam näherten sie sich dem Altar, wo Gold und Silber glänzten. Erschreckt vor den Qualmwolken hielten sie inne. Da öffnete sich der große Holzkasten, noch mehr Qualm und Rauch. Angst und Schrecken lähmte die Barbaren. Und dann . . .

Lachend sahen die Zuschauer, wie die Goten von wilder Panik ergriffen wurden, durcheinanderstürzten, versuchten, so schnell wie nur möglich zu fliehen. Ihre Angstschreie hallten durch das Kirchenschiff. Sie merkten nicht, daß der Rauch, den der feurige Drache ausstieß, nach verbranntem feuchten Stroh roch. Auf schnellstem Wege rannten die Goten den Hügel hinab, nicht achtend, daß sie ihre Waffen verloren oder unten mit gebrochenen Knochen ankamen. „Nun wollen wir wieder Ordnung schaffen, Gott für unsere Rettung danken", ermahnte der Abt die fröhlichen Zuschauer, „und Bruder Johann loben wegen seines Kunstwerks." Bruder Johann aber, ein freches Liedchen singend, tanzte ausgelassen vor seinem Gipsdrachen.

„Bruder Johann!" donnerte der Abt mit grollender Stimme, „dein unschickliches und frivoles Betragen geziemt sich nicht für einen Ordensbruder. Weltlicher Stolz ist eine Sünde – suche Gnade, übe dich in Demut!" Beim Verlassen der Kirche murmelte der Abt grimmig und entrüstet: „Ach, diese Künstler. Sie sind alle gleich, leichtfertig, prahlerisch, eitel. In ihnen ist keine Bußfertigkeit." Während des Abendessens schien der Abt in tiefe Gedanken und heitere Träumereien versunken. Ab und zu schwang er seinen Holzlöffel in der Hand, aber in seiner Versunkenheit merkte er nicht, daß er später kalte Suppe löffelte. „Na, wie hat er das doch gleich gemacht?" hörte man ihn hin und wieder murmeln. Nach dem Essen, als Prinz Eisenherz und Arne zu ihrer Zelle gingen, kamen sie an der des Abts vorbei. Jetzt hörten sie ihn murmeln: „Ah, jetzt weiß ich es." Die beiden Prinzen überließen den Abt seinem kleinen Anfall von weltlicher Freude.

Früh am nächsten Morgen verabschiedeten sich Prinz Eisenherz, Prinz Arne und Justin vom Abt und seinen geistlichen Brüdern. Durch den geheimen Tunnel verließen sie das Kloster. Beim Anblick der vielen Meisterwerke von Bruder Johann erschauerte Justin. Am Fuße des Hügels wendete er sich um, blickte zurück. Krieg, Grausamkeit, Not und Hunger sind das Los des Söldners. Er sehnte sich nach der Ruhe und dem Frieden, die sie hinter sich ließen. Stephan führte sie über schwindelerregend schmale Ziegenpfade, die er seit seiner Kindheit kannte. „Schaut", er wies ins tiefe Tal, „da ziehen die Goten dahin. Wir sind sie endlich los." Hier, in der Nähe des Dorfes Roncesvalles, wird drei Jahrhunderte später Karl der Große eine Schlacht gegen die Basken verlieren, der Ritter Roland wird den Heldentod sterben.

Eines Tages blickten Eisenherz, Arne, Stepan und Justin auf eine Stadt, wohlgeschützt durch feste Wälle. Die Türme und Bastionen glänzten im Licht der untergehenden Sonne. „Dort herrscht Sadonick, Herzog von Aqueloen", Stephan wies auf die Burg, „er sitzt auf dem Thron, der mir zusteht." Am Lagerfeuer erzählte Stephan weiter: „Der falsche Herzog hat jeden Verwandten ermordet, der seine Herrschaft gefährden könnte. Ich, der rechtmäßige Herzog, bin seit meiner Kindheit Flüchtling."

Ein neuer Morgen in den Bergen. Stephan verabschiedete sich, auf Schleichwegen seine Mutter heimlich zu besuchen. Prinz Eisenherz wollte die befestigte Stadt, in der der falsche Herzog regierte, besuchen. Konnte Sadonick wirklich so böse und grausam sein, wie Stephan behauptete? Zusammen mit Arne und Justin ritt Eisenherz durch das Stadttor. Wenn ein Edelmann das Herrschaftsgebiet eines anderen Adeligen betrat, so war es Brauch, diesem einen Höflichkeitsbesuch abzustatten.

Sie trafen den Herzog bei der Arbeit. Arnes Augen weiteten sich vor Schreck und Abscheu. Eisenherz' Ausdruck verhärtete sich, sonst war ihm keine Regung anzumerken. Der Herzog saß inmitten einer Sammlung glitzender Instrumente. Vor ihm, ausgestreckt auf einer Bank, die mißhandelte Gestalt eines seiner unglücklichen Feinde. Sadonick wischte seine Hände an einem weißen Tuch ab und begrüßte seine Gäste. „Ich sehe, Ihr habt das Geschick eines Künstlers", sprach Eisenherz artig. „O ja", bestätigte bescheiden der Herzog, „das Ausüben meiner Talente sichert mir die Treue meiner Untertanen."

Der Herzog befahl, Erfrischungen zu bringen, er bat Eisenherz Platz zu nehmen. In das Gespräch fügte er viele spitzfindige und verfängliche Fragen. Dann ließ Sadonick den Gästen ihr Quartier anweisen. Justin brachte die Satteltaschen. Eisenherz flüsterte: „Hütet eure Zungen! Der Herzog hat eine Armee von Spionen, jedes unserer Worte wird ihm hinterbracht. Er weiß sogar, daß Stephan in der Nähe ist. Wir wissen, welches Schicksal auf ihn wartet, wenn man seiner habhaft werden sollte."

Als höflicher Gast mußte Eisenherz dem Herzog Gesellschaft leisten, wenn dieser es wollte. Sadonick erwies sich als freundlicher und gescheiter Unterhalter. Kaum zu glauben, daß

dieser nette Mann gestern einen Feind grausam foltern konnte. Bis Prinz Eisenherz in einer belanglosen Angelegenheit anderer Meinung zu sein wagte als sein Gastgeber. Sadonicks Gesicht wurde hart, seine Augen glühten im Zorn. Eisenherz war froh, als das Gespräch mit diesem Mann endlich vorüber war und er gehen konnte.

Prinz Eisenherz wußte, daß Herzog Sadonick machtgierig war. Und daß er keinen Widerstand gegen seinen Willen duldete. Nur einer stand ihm noch im Wege: Stephan! Von schweren Gedanken niedergedrückt verließ Eisenherz den Palast.

Angst hatte aus jedem Höfling einen Informanten gemacht, aus jedem Diener einen Spion. Nur im weiten Hof konnte man sich etwas zuflüstern, das nicht später dem Herzog zu Ohren kam. „Es könnte sein, daß wir diesen unglücklichen Ort plötzlich verlassen müssen“, wisperte Eisenherz Justin und Arne zu, „dann brauchen wir unsere Pferde außerhalb der bewachten Stadttore.“ Und dann mit einer Stimme, laut vor Zorn: „Ich ha-

be dir doch befohlen, die Pferde gut in Form zu halten, Knecht! Bewege sie! Auf den Wiesen vor der Stadt!“ Mürrisch befolgte Justin die Befehle, ritt aus der Stadt. Die Torwachen gewöhnten sich an das Kommen und Gehen Justins, bald beachteten sie ihn kaum noch.

Für Prinz Eisenherz und Arne wurde die Zeit in der Festung des grausamen Sadonick unerträglich. Zu gern hätten sie sich von ihrem Gastgeber verabschiedet.

Nun schien der Zeitpunkt gekommen. Wie es die Höflichkeit geboten hatte, hatten sie einige Tage die Gastfreundschaft des Herzogs genossen. Prinz Eisenherz und sein Sohn wollten Sadonick den Abschiedsgruß entbieten. „Aber nicht doch, Sir Eisenherz. Euch und den jungen Prinzen brauche ich noch als Köder für die Falle, in der ich Stephan fangen will. Ich hoffe, Ihr erkennt die Notwendigkeit. Stephan steht meiner Macht im Wege.“ Hinterhältig lächelte der tückische Herzog. „Stephan ist zu Besuch auf der Burg seiner Mutter. Ihr habt Euch zu ihm zu begeben. Als sein vertrauter Freund lockt Ihr ihn aus der sicheren Burg in unseren Hinterhalt.“ Dann bat der Herzog höflich seine Gäste ins Nebenzimmer. „Und damit Ihr, Prinz Eisenherz, getreulich meinen Willen ausführen werdet, wird Euer Sohn an die Folterbank angekettet – bis zu Eurer Rückkehr.“

Vergebens suchte Eisenherz nach einer Möglichkeit zur Flucht. Verzweifelt flüsterte er Justin zu: „Versuch festzustellen, wo sich Stephan aufhält. Und wenn du wieder die Pferde vor die Stadt bringst, reite zu ihm! Warne ihn!“

Justin brachte wieder die Pferde auf die Wiesen. Er fand den Weg zurück, den sie gekommen waren. Und die Stelle, wo sich Stephan von ihnen getrennt hatte. Dann folgte er dem Ziegenpfad, auf dem Stephan weiter in die Berge geritten war. – Es dauerte einen ganzen Tag, ehe Prinz Eisenherz merkte, daß alle seine Pferde gestohlen worden waren. Laut fluchte er und alle hörten es: „Dieser Schurke, dieser Dieb! Alle Pferde zu stehlen! Warum nur habe ich ihm getraut?“ Um seinen Ärger, seinen Zorn und seine Wut zu beweisen, gelobte er dem eine große Belohnung, der ihm Justin zurückbrächte. Nur der Herzog war mißtrauisch: „Habt Ihr ihn geschickt, Stephan zu warnen?“ „Wohl kaum“, grollte Eisenherz, „er hat alle Pferde gestohlen. Wie könnte ich fliehen ohne Pferd?“

Eisenherz und Arne wurden bewacht. Der Vater sollte Stephan in eine Falle locken, der Sohn war des grausamen Sadonick Geisel. Es war Justins Aufgabe, Stephan zu warnen. Weil er wußte, daß des Herzogs Spione überall lauerten, ließ er die Pferde bei einem Schäfer, borgte sich dessen Kittel. Es würde unmöglich sein für einen armen Schäfer, bei einem Edelmann Audienz zu erhalten. Aber Justin hatte Glück. Er traf Stephan, als dieser zur Jagd ausritt. „Der Herzog hat versprochen, daß Arne auf der Folterbank stirbt, wenn Prinz Eisenherz Euch nicht ausliefert.“ „Entsetzlich! Sadonick tötet alle, die ihm nicht zu Willen sind.“

Stephan fügte hinzu: ,,Er wird nicht versuchen, die Burg zu stürmen. Das ist ihm schon einmal mißglückt. Er wird mit List und Tücke vorgehen . . . Warum nicht den Listigen überlisten?" In der Burg. ,,Mutter, wir gehen für eine Woche in unser Jagdhaus, nehmen nur einige Freunde und Diener mit." – Ein Spion brachte diese Nachricht unverzüglich zu Sadonick, der böse lächelte.

Vor dem Stadttor versammelten sich Soldaten – zu wenige für einen Sturmangriff, genug für einen Hinterhalt. Der Herzog sprach zu Eisenherz: „Es dämmert, wir reiten los. Endlich habt Ihr Gelegenheit, Euren Auftrag auszuführen.“ Sadonick führte den Trupp an, Eisenherz in grimmer Wut neben ihm. Ein rascher Schwertstreich würde den Herzog ausschalten. Aber es würde auch Arnes Foltertod bedeuten.

Zur gleichen Stunde ritten Stephan und seine Mutter mit kleiner Begleitung zum Jagdhaus. ,,Du bist wie dein Vater", zankte sie, ,,immer denkst du an dein Vergnügen. Warum bist du nicht im Kloster geblieben, wo du vor deinem Onkel sicher warst?" ,,Onkel Sadonick ist zwar hinterhältig, aber", fügte Stephan mit frommem Augenaufschlag hinzu, ,,ich will nicht ungerecht gegen ihn sein." Und dann kicherte er. Im Jagdhaus angekommen, hätte Stephan vielleicht gehört, wenn seine Mutter nicht dauernd mit ihren Ermahnungen in seinen Ohren gelegen hätte, wie es im Gebüsch knackte, wie leise Waffen klirrten. Sie blickten erst erschrocken auf, als die Tür polternd aufgerissen wurde. Sie sahen Herzog Sadonick, das grausame Lächeln des Triumphs auf seinem Gesicht.

Hinter Sadonick ein Dutzend kräftige, bewaffnete Kerle. Der Herzog setzte sich. „All die Jahre bist du mir entkommen, Stephan. Jetzt habe ich Glück. Prinz Eisenherz, befreit mich endlich von meinem lästigen Neffen!“ Eisenherz stand unschlüssig, des Herzogs Gesicht verfärbte sich im Zorn. „Vergeßt nicht, Euer Sohn und Erbe ist an die Folterbank gekettet.“

Um Arne vor einem gräßlichen Tod zu bewahren, sollte Eisenherz eine Tat verüben, die seine Ehre beflecken und seine unsterbliche Seele vergiften mußte. Er zog das Singende Schwert, langsam kam es ächzend aus seiner Scheide, hing bleiern in Eisenherz' Hand. Eisenherz drehte sich um, schritt auf Sadonick zu. Kampfentschlossen, einen tödlichen Blick in seinen harten Augen. Er schlug die blitzende Klinge auf den Tisch. Und das Singende Schwert sang. Es war ein ungeduldiges, klirrendes, triumphierendes, gefährliches Lied.

„Wachen! Tötet ihn! Tötet alle!" schrie der falsche Herzog. Aber Anblick und Klang des Singenden Schwertes hielten die Häscher im Bann. Sie wagten nicht, den schändlichen Befehl ihres tyrannischen Herrn auszuführen.

Eine atemlose Stille. Von einem schmetternden Trompetenstoß wurde sie jäh unterbrochen. Dann Waffenlärm, Rufe, zorniges Schreien. Wieder wurde die Tür aufgestoßen. Stephan zeigte auf die hereindrängenden Krieger.

„Meine Männer haben im Wald auf

Euer Kommen gewartet, lieber Onkel. Der Jäger ist jetzt in seine eigene Falle gegangen." Sadonicks Leibgarde wurde entwaffnet, abgeführt. Die erschrockenen Soldaten ließen es willenlos geschehen.

Während all dieser aufregenden Ereignisse hatte Stephans Mutter bedächtig an ihrer Stickerei weitergearbeitet. Jetzt legte sie die Handarbeit beiseite. Ihre Geduld war zu Ende, wie der Stickfaden, den sie ärgerlich fallen ließ. „Sadonick, du bist eine teuflische Plage. Durch dein Poltern und Lärmen habe ich meine Stickerei verpfuscht. Stephan, bitte, bring ihn raus und schlag ihm den Kopf ab."

Ein so rasches und gnädiges Ende hatte Sadonick nicht verdient. Die schrecklichen Greuel, die er auf dem Gewissen hatte, schrien nach Rache. Prinz Eisenherz bemerkte, wie Sadonick verstohlen nach einer Phiole griff, die er in seinem Umhang versteckt hielt. Heimlich öffnete er den Verschluß der kleinen Flasche. Das Singende Schwert blitzte auf. Prinz Eisenherz packte den Schurken, schleuderte ihn gegen die Wand, herrschte ihn an: „Für dich gibt es keinen schnellen Tod durch Gift! Du hast befohlen, meinen Sohn an die Folterbank zu ketten. Wenn ihm nur ein Haar gekrümmt wird, stirbst du auf deiner eigenen Folterbank!“

Prinz Eisenherz sprang auf sein Pferd, raste durch die Nacht. Es galt, Aqueloen zu erreichen, bevor die Nachricht von der Gefangennahme des falschen Herzogs in die Stadt gelangte. Im Morgengrauen passierten ein erschöpftes Roß und ein ermatteter Reiter das Stadttor. Zu spät? Eisenherz warf die Zügel einem schmutzigen Stallburschen zu, eilte ins Schloß. Die Folterkammer war leer, nur in der Ecke kauerten ängstlich des Sadonicks Folterknechte. Sie stammelten: „Wir konnten Euren Sohn nicht finden. Wir haben des Herzogs Befehle nicht ausgeführt. Rettet uns, Herr! Sonst läßt Sadonick seine Wut an uns aus.“

In der großen Schloßhalle. Prinz Eisenherz hatte den Fanfarenbläsern befohlen, alle zusammenzurufen. Der Versammlung befahl er mit fester Stimme, der niemand die Angst anhörte, die sein Herz umklammert hielt: „Sucht meinen Sohn, Prinz Arne! Sucht im Schloß, sucht in jedem Winkel der Stadt! Findet ihn!" Er spürte das Zögern der Leute, setzte seinen Befehlen hinzu: „Der grausame Tyrann, der falsche Herzog Sadonick ist nicht länger euer Herr. Er ist der Gefangene des rechtmäßigen Herzogs Stephan."

Eisenherz erinnerte sich an sein Pferd, das ihn schnell und sicher durch die Nacht getragen hatte. Der schmutzige, von Kopf bis Fuß verschmierte Stallbursche versorgte zärtlich das Pferd. „Ach, wer reitet denn so rücksichtslos ein so schönes Pferd?" fragte er das Tier, „deinem Herrn sollte ich Reitunterricht geben." Eisenherz hörte diese Worte.

Die Stimme, die diese Worte sprach, kam ihm vertraut vor. Diese unverschämt freche Stimme. Eisenherz kämpfte mit seinen Gefühlen. Schließlich drehte er sich langsam um. Seine Stimme war die des erzieherischen Vaters: „Dein Gesicht ist schmutziger als sonst", sagte er streng, „geh und wasch dich vor dem Frühstück. Wasch deinen Hals und vergiß die Ohren nicht." Arne schlenderte davon, ein lustiges Liedchen pfeifend. Eisenherz schämte sich nicht, zu weinen und zu lachen.

In der Stadt Aqueloen läuteten alle Glocken. Überall wehten Flaggen und Wimpel. Die ganze Stadt war festlich geschmückt, als der rechtmäßige Herzog, als Stephan den angestammten Thron in Besitz nahm. Prinz Eisenherz wurde geehrt, wußte doch jetzt jedermann, welche schwere Prüfung er bestanden hatte: seinem Eid, seiner Ehre, seinen Idealen treu zu bleiben – obwohl das Leben seines Sohnes auf dem Spiel gestanden hatte. Viele Vornehme, die Sadonick unterstützt hatten, als er das Herzogtum an sich riß, rafften ihre Besitztümer zusammen und verschwanden schnell und heimlich, auswärts Ferien zu machen.

Ungelöst noch das Schicksal Sadonicks. In die Beratung platzte Stephans resolute Mutter. „Ich habe schon alles veranlaßt. Der Zierat über dem Stadttor, allen Übeltätern zur Warnung, ist sein Kopf. Der Rest wird mit allen Ehren bestattet, wie es einem Mann seines vornehmen Geblütes gebührt.“

Die schlimmsten Schurken und Mörder aus Sadonicks Gefolgschaft erlitten ein Schicksal, wie es damals üblich war. Ihr Leben verkürzte sich um die Länge ihres Kopfes. Doch Herzog Stephan und Prinz Eisenherz achteten darauf, daß die Grundsätze der neuen Regierung nicht mit Blut geschrieben wurden. – Bis zur Küste, wo Aletas Flotte wohl schon wartete, war es ein Dreitagesritt. Justin bat, ihm den Abschied zu geben, er wollte umkehren. „Als Söldner habe ich zwei lange Jahre Grausamkeit, Mord und Totschlag, Hunger und Not erlitten. Ich sehne mich nach einem Leben in Ruhe und Frieden, wie ich es in dem Kloster kennengelernt habe, in dem wir Stephan trafen.“ So geschah es, daß Bruder Johann einen neuen Lehrling bekam.

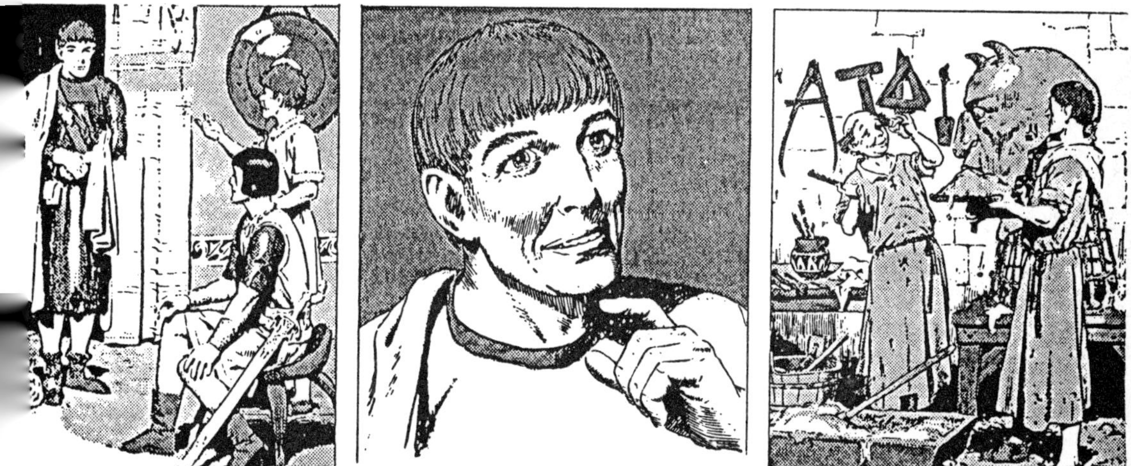

Die Beisetzung des falschen Herzogs - in zwei Teilen - war ein Volksfest. Stephan nahm den Thron des Herzogs ein. Die Chronisten aus seiner Zeit berichten, daß er ein schwacher Herrscher war, der seine Zeit verwendete, mit Falken auf die Jagd zu gehen und Feste zu feiern. Aber sein Volk litt nicht unter Grausamkeit, es verlieh ihm den Namen Stephan der Gute und setzte ihm später ein Denkmal. - Viele Menschen kehrten aus dem Exil zurück, in das sie Sadonick gezwungen hatte. Der Scharfrichter wischte seine Axt ab und ging wieder seinem Beruf als Zuckerbäcker nach. Prinz Eisenherz und Arne verabschiedeten sich vom Herzog und seiner Mutter.

Sie setzten ihre Reise fort. Manchmal verbrachten sie die Nacht unterm Sternenzelt, manchmal fanden sie ein Dach, unter dem sie bequem schlafen konnten. Und immer wieder schnupperte Eisenherz in den Wind. ,,Was riechst du? Eine gebratene Wildbretkeule?" Eisenherz antwortete: ,,Das Meer. Ich rieche das Meer." Sie waren vom Mittelmeer bis an den Ozean gelangt. Eine sichere Handelsstraße hatten sie allerdings nicht ausfindig gemacht. Irgendwo an der Küste wartete Aleta. Arne sah sein Vorbild und seinen Kampfgenossen verständnislos an, als dieser ,,Aleta" jubelte, ,,Aleta, Aleta!" Arne murmelte ,,Gefühlsduselei" und schmollte.

Aletas Flotte hatte die große hispanische Halbinsel umrundet, lag nun in einer geschützten Bucht im Golf von Biscaya vor Anker, wartete auf Eisenherz und Arne.

Aleta, ein Inselmädchen, hatte eher schwimmen als laufen gelernt. Kein Wunder, daß auch ihre Kinder richtige Wasserratten waren. Wenn Aleta genug mit ihrem Nachwuchs geplanscht hatte, schwamm sie weit ins Meer hinaus, tauchte sie tief auf den Boden der See. Dabei wurde sie beobachtet. Otter sind die leidenschaftlichsten Spieler der Tierwelt. Und dieser Otter übertraf seine Artgenossen, alles geriet ihm zu Sport und Spiel. Er war glücklich, jemanden gefunden zu haben, mit dem zu spielen höchstes Vergnügen war.

Wo sich Strand und Brandung trafen, dort ruhten sich die beiden aus. Der Otter war sehr zufrieden mit diesem freundlichen Menschenwesen, das köstlich naß war, sich überhaupt nicht vor ihm fürchtete. Er pfiff und schnatterte eine Einladung, wieder ins Meer zu kommen und weiter zu spielen. Sie pfiff und schnatterte zurück, sie winkte ihm. Da sah er es, begehrlich kam er näher. Sein ganzes Leben lang hatte er mit runden Kieselsteinen und bunten Muscheln gespielt. Aber dieses Spielzeug glitzerte und glänzte, funkelte und flirrte. Das mußte er haben, damit wollte er spielen.

Mit seinen geschickten und kräftigen Pfoten löste der Otter blitzschnell den Ring mit dem großen Brillanten von Aletas Finger. Mit einem entzückten Quieken tauchte er in den Wellen unter, Aleta hinter ihm her. Inzwischen hatte Prinz Eisenherz die Bucht erreicht, sah Aletas Flotte und einen vertrauten Goldfleck im blauen Wasser. Er sprang vom Pferd, verlor Waffen, Rüstung und Kleidung, während er ins Meer rannte. Dort spielte Aleta mit Herrn Schnauz – wie sie den Otter seines putzigen Bartes wegen nannte. Er zeigte ihr den Brillanten, und sie mußte ihn verfolgen. Ein Eindringling störte das Spiel. Herr Schnauz mochte diesen Kerl nicht.

Er packte den Glitzerstein mit beiden Pfoten, rollte ihn hin und her, pfiff und schnatterte. Doch er konnte die Aufmerksamkeit seiner Spielgefährtin nicht erregen. All seine Bemühungen waren zwecklos, sie wollte nicht mehr spielen. Nicht mit ihm. Er folgte den beiden, als sie das Wasser verließen, bis an den Strand. In einer letzten quiekenden Anstrengung versuchte er seine neue Gespielin vor einem stumpfsinnigen, trockenen Leben zu retten. Vergebens. Mutig stürzte er vorwärts, seinen großen starken Nebenbuhler biß er blitzschnell ins Bein. Herr Schnauz packte wieder seinen Brillanten, sprang ins Meer und versteckte das Spielzeug in einer Grotte. Jetzt mochte er damit nicht mehr spielen.

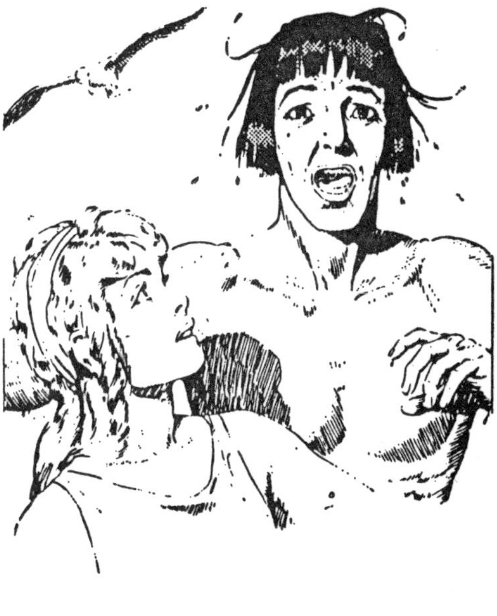

Wieder einmal war Prinz Eisenherz zurückgekehrt. Und wieder verwandelte er sich von einem mutigen Krieger zu einem braven Ehemann und Vater. Während Aleta die Bißwunde an seinem Bein verband, erzählte sie von ihrem Otterfreund und dem gestohlenen Brillantring.

Am Strand blickte eine einsame Gestalt der auslaufenden Flotte nach, die eine liebe Spielgefährtin entführte. Frauen sind launisch - so sagen die Männer. Also war es kein Wunder, daß Aleta schnell ihren verspielten Freund vergessen hatte. Mit Vergnügen sah sie ihrem Gatten zu, der seine Bekanntschaft mit seinen eigenen Kindern erneuerte.

Aber sind Männer etwa anders? Können sie nicht genauso leicht vergessen? Wie erging es dem einsamen und traurigen Herrn Schnauz? Betrübt schlich er am Strand entlang, lustlos und voller Selbstmitleid. An einem Lehmhügel blieb er stehen, sah mit Neugier zu, wie eine schöne Otterin auf ihrem Bauch hinab zum Wasser rutschte. Aus seiner Neugier wurde Zuneigung. Herr Schnauz quiekte vor Vergnügen, rannte den Hügel hinauf und rutschte der neuen Dame seines Herzens hurtig hinterher. Im Wasser erinnerte er sich des Glitzerspielzeugs, das ihm einst so viel Spaß bereitet hatte. Schnell holte er den Brillantring, so wertvoll, damit eine Königin zu betören, aus seinem Versteck. Artig überreichte er ihn seiner neuen Spielgefährtin. Und sie – wie jede Frau – war entzückt vom glitzernden Tand. Von da an lebten sie glücklich und zufrieden zusammen. Und Aleta und Eisenherz? Nun, sie benahmen sich, wie es sich für Verliebte gehört.

Dank eines günstigen Windes umrundete Aletas Flotte die Südspitze Britanniens, ankerte dann in einer geschützten Bucht. Aus Sicherheitsgründen wollten sie jetzt in Dreiergruppen weitersegeln und die Waren aus dem Osten eintauschen gegen Zinn und Pelze, Goldschmuck und Bernstein. Aber Boltar . . .

. . . fing an zu fluchen, als er vernahm, daß er zwei Handelsschiffe nach Thule begleiten und schützen sollte. „Bei des allmächtigen Thors Hammer!“ brauste er auf, „Boltar, König der Seeräuber, Kindermädchen für durchtriebene Krämerseelen? Nein! Niemals! Was fällt euch ein? Bei allen Göttern Walhalls! Diese Schmach könnt ihr mir nicht antun! Nicht mir, Boltar, kühnster Seefahrer auf allen Meeren der Welt. Ich soll Aufpasser spielen für Pfennigfuchser? Bin ich denn die Glucke für Schacherer und Wucherer, für Trödler und Hausierer? Oder bin ich der gefürchtete Boltar? He, jetzt hört mir mal gefälligst zu . . .“ Der Schwall starker Worte, die jetzt folgten, läßt sich nicht wiedergeben. Boltars Stimme donnerte übers Meer, ließ manchen harten Mann zart erröten.

Prinz Eisenherz und Aleta, beide königlicher Herkunft, befehlsgewohnt, erwarteten, daß ihre Anweisungen immer befolgt wurden – alles andere war Befehlsverweigerung und Meuterei. Und jetzt dieser Zornesausbruch Boltars, der ihnen vor aller Öffentlichkeit und in aller Deutlichkeit widersprochen hatte. Das konnte sich Prinz Eisenherz nicht gefallen lassen. Wütend sprang er vor Boltar, seine Augen blitzten, er hob die Hand, sein Mund öffnete sich, er holte tief Luft und . . .

. . . schon stand Aleta zwischen den beiden. „Boltar, hör auf zu donnern! Du machst mehr Krach als eine Herde Walrösser. Dein Schiff ist eines von dreien, die nach Thule fahren. Aber vorher mußt du uns sicher in die Nähe von Camelot bringen.“ Boltar, zu Eisenherz gewandt: „Tolle Frau, die du hast. Sie weiß, daß man Männern nicht befehlen kann. Wie meine Tillicum . . .“, und Boltar dachte an seine Frau, blickte in die Ferne und hatte schreckliches Heimweh.

Neue Vorräte mußten für die Mannschaft und die Reisenden an Bord genommen werden. Während das Boot die enge Hafeneinfahrt der Insel passierte, läuteten die Glocken des nahen Klosters. Es war Sonntag, die Glocken riefen die Gläubigen zum Gebet. Eisenherz und Aleta erklommen den Hügel, auf dem das Kloster stand. Der Abt freute sich, so hohe und vornehme Gäste begrüßen zu dürfen. Auf dem Weg zur Kirche hörten sie mit Erstaunen und Entzücken eine Stimme – hell wie eine Trompete. Es war eine hinreißende und alle Zuhörer bezaubernde Stimme. Es war ,,Die Stimme". Die Klosterbrüder zogen singend in langer Prozession in die Kirche.

Über allem Gesang schwebte ,,Die Stimme", alle anderen mit ihrem Wohlklang übertönend, das ganze Kloster und die Kirche erfüllend. Der Abt stellte seinen Gästen den Sänger vor: ,,Wojan hat seine Ausbildung beendet. Er möchte nach Britannien zurückkehren, eine Mission erfüllen. Die beiden Scholaren, seine Freunde Sleath und Dustad wollen ihn begleiten. Dürfen sie mit Euch segeln?"

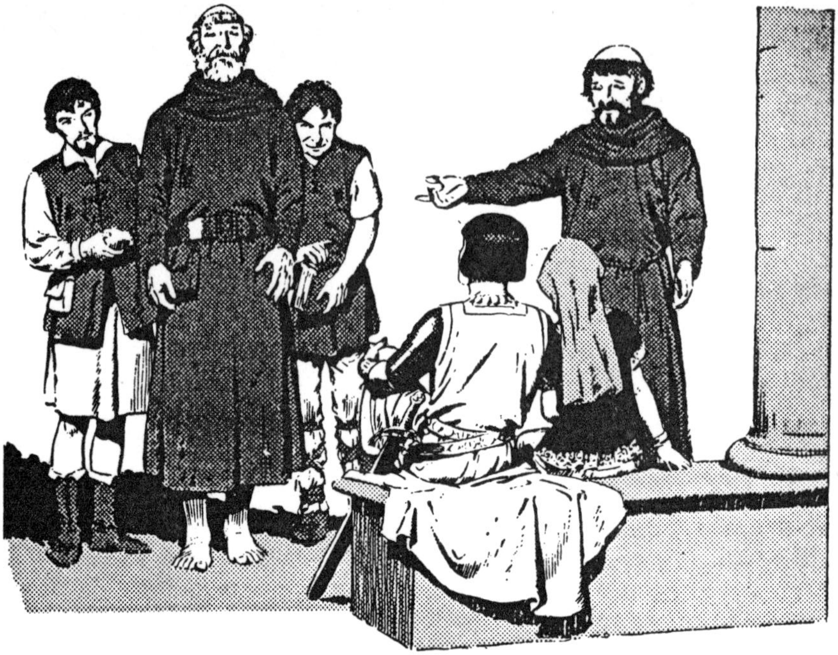

Eisenherz entsprach der Bitte des Abts. Das Gesicht Wojans, dieses lautere Antlitz der „Stimme“, war von ehrlicher Rechtschaffenheit. Die beiden Scholaren machten auf Eisenherz keinen großen Eindruck, sie standen bescheiden hinter ihrem Meister. Auf der kurzen Seereise predigte Wojan den Wikingern, seine Helfer flankierten ihn, flüsterten ihm Stichworte zu. Die Seeleute verstanden aber nicht seine Sprache. So brachte Eisenherz Wojan nach Britannien. In seiner Unschuld konnte er nicht wissen, daß „Die Stimme“ eine Gewalt hatte, um das Königreich in seinen Grundmauern zu erschüttern.

Die lange Reise ging zu Ende. Boltar verabschiedete sich, hinter seinem Lächeln und Scherzen versteckten sich Tränen. In diesen Zeiten voller Gefahren konnte jeder Abschied der letzte sein. Wojan weigerte sich, ein Pferd zu besteigen. Bescheiden ging er barfuß auf der staubigen Straße nach Camelot. Endlich wieder in Camelot. In den gewohnten Räumen, im geschäftigen Treiben des Hofes.

König Arthur empfing Prinz Eisenherz. Der König hatte große Hoffnung in die Mission seines tüchtigen Ritters gesetzt. Doch dieser konnte nur enttäuschende Nachrichten übermitteln. „Der Kaiser in Rom ist ein egoistischer Mann, darauf bedacht, in Genuß und Wohlstand zu leben. Er hat kein Gefühl für seine Glaubensgenossen in Britannien. Er hielt es nicht für nötig, mich, einen Abgesandten eines Königs, zu empfangen. Barbarische Völker durchstreifen Europa, erobern Länder und gründen eigene Reiche. Vielleicht sind die Tage Roms gezählt."

Nach der Audienz ging Eisenherz zu den Ställen, Arwak, sein rotes Streitroß wiederzusehen. Im Hof predigte Wojan. Arbeiter, Mägde und Knechte verließen ihre Arbeit. In den Stallungen mußte Eisenherz vernehmen, daß Arwak wieder zu einem wilden Hengst geworden war.

Auf der Weide war Arwak König. Kein anderer Hengst wagte, seine Herrschaft zu brechen. Kein Stallknecht wagte sich in seine Nähe. Arwaks Beine hatten Wunden vom Durchbrechen von Ställen und Zäunen. Auf den Pfiff von Eisenherz hob er sofort den Kopf. Er erinnerte sich an sein grausames Schicksal, dann an die glücklichen Zeiten mit Eisenherz.* Arwak sah erwartungsvoll Aleta an. Es war eine Frau gewesen, die zuerst freundlich zu ihm war, ihn mit Keksen fütterte. Arwak freute sich, daß auch Aleta ihn fütterte. – Eisenherz, in Gedanken bei Arwak, merkte nicht . . .

**Wer sich nicht erinnert, der lese diese Episode in „Prinz Eisenherz" Band 5.*

. . . daß „Die Stimme“ inzwischen Ställe, Waffenkammer und Küche mit ihrer wohlklingenden Gewalt geleert hatte. König Arthur, der mit Güte und Milde – und wenn es sein mußte, mit dem Schwert – christlichen Glauben in Britannien durchgesetzt hatte, hungerte um dieses Glaubens wegen. Alle, sogar die edlen Herren und Damen auf den Balkonen und Brüstungen, scharten sich um Wojan. Einige Ritter scharten sich um Prinz Eisenherz. Sie wollten ihm nur zu gern helfen, den wilden roten Hengst wieder zu zähmen. Sie hofften so, auch wieder ihre Pferde von der Herrschaft König Arwaks zu befreien.

Der große Weideplatz war eingezäunt, nur eine Öffnung erlaubte einem Menschen, hier hindurchzuschlüpfen. Dort stand Aleta, Haferkekse in ihrer ausgestreckten Hand. Neben ihr Prinz Eisenherz in voller Rüstung. Mit dem gewohnten Pfiff rief er Arwak.

Das war auch für die Ritter das Signal. In voller Kriegsausrüstung defilierten sie an der Weide vorbei. Leder knirschte, Zaumzeug und Sporen klirrten, in der Sonne blinkten und blitzten die Waffen, Wimpel wehten, Trompeten tönten hell. Die Erinnerung an eine bitterböse Vergangenheit verblaßte. Alles was Arwak liebte, erlebte er: eine freundliche Frau mit Keksen, ein Kampfgenosse, dem zu gehorchen nicht den eigenen Stolz verletzte, brüderliche Streitrösser bei einer Parade. Nur für einen Moment sträubte sich Arwak, als er die Angst der Stallburschen fühlte.

In Walhalla, wo die Götter und Helden in Ewigkeit leben und feiern, blickten viele hundert stolze Streitrösser auf ihren Nachkommen Arwak hinab, der seinen Platz an der Spitze einer Kampftruppe eingenommen hatte. Den Kopf erhoben, mit den Hufen ausschreitend wie ein Tänzer. Einige Stuten allerdings bedauerten den Verlust ihres Herrn. Und während sich Eisenherz und Arne um Arwak kümmerten, wartete der König vergebens auf das Essen.

Statt sich den Freuden eines üppigen Mahls hinzugeben, bat der König den Prinzen zu einem Gespräch. „Prinz Eisenherz, Ihr seid verantwortlich dafür, daß dieser Wojan sich an unserem Hofe aufhält. Sagt mir, ist er der große Lehrer, ist er gar der große Prophet, für den man ihn hält? Oder ist er nur ein Unruhestifter?" „Meine Ehre setze ich für seine Ehrenhaftigkeit aufs Spiel", antwortete betroffen Eisenherz, „aber ich werde versuchen, mehr über ihn in Erfahrung zu bringen." Und Eisenherz beobachtete „Die Stimme". Gebannt hing ein großes Publikum an den Worten, die von Glauben und Geheimnis kündeten. Es waren Gebetsfetzen, Bibelzitate, Lateinsprüche.

„Wir alle müssen Opfer bringen“, sprach Wojan, „Die Stimme“. „Das Heilige Wort muß an allen Enden der Erde gehört werden. Die Heilige Kirche muß alles überragen, überall müssen Gotteshäuser als Bollwerke gegen das schlimme Heidentum errichtet werden.“

Nach seiner Predigt zog sich Wojan, begleitet von seinen beiden Beratern Sleath und Dustad, zurück. Doch Sleath vergaß nicht, vorher einige Diener auszuschicken, in der Menge der Zuhörer die Opferwilligen um eine Spende zu bitten.

Eisenherz grübelte. Es war alles so, wie es sich gehörte. Der Evangelist kümmerte sich nicht um die materiel-

len Dinge. Das überließ er seinen Beratern und Gehilfen. Und doch war es Eisenherz unbehaglich zumute. Wojan hatte die Macht, ganz Camelot in Verwirrung und Unordnung zu stürzen. Was würde geschehen, wenn er seine Macht mißbrauchte?

Jeden Vormittag verbrachte Eisenherz auf dem Übungsgelände, es brauchte noch erhebliche Zeit, bis Arwak wieder soweit sein würde, daß Roß und Reiter eine Einheit bildeten – wie es für Streit und Schlacht notwendig war. In den Stallungen, beim Versorgen von Arwak, beim Pflegen der Ausrüstung, wurde Eisenherz ständig an des Königs Sorge erinnert. Denn Wojan und seine Begleiter hatten über den Pferdeställen ihr Quartier.

So kletterte auch Eisenherz die Leiter hinauf, stattete Wojan einen Besuch ab. Es entspann sich eine eigenartige Unterhaltung. Die Scholaren Sleath und Dustad, hinter ihrem Meister stehend, gaben die Antworten. Die wortgewaltige Stimme des großen Predigers blieb stumm. Eisenherz erkannte, daß Wojan das einfältige Gemüt eines unschuldigen Kindes besaß, daß er der Klugheit seiner Berater vertraute. Als Eisenherz die Sammlung der Opfer erwähnte, brauste Wojan auf: „Spenden? Unser Orden ist der Armut verpflichtet. Geld und Gut sind Sünde!" „Du hast recht, Wojan", sagte Sleath, „aber wir müssen das Böse mit dem Schlechten bekämpfen. Viele Anhänger folgen dir, müssen ernährt werden. Kirchen müssen gebaut werden. Spenden sind Opfer des Glaubens."

„Ach, Prinz Eisenherz, hättet Ihr doch Wojan nicht nach Camelot gebracht", stöhnte König Arthur, „Ritter, Bogenschützen, Handwerker und Diener versäumen ihre Pflichten, um den Prediger zu hören." Die Erlösung aus diesen Sorgen kam mit Sleath und Dustad, die vor den König traten. Sie verlangten Pferde, einen Wagen, Vorräte und Reisegeld. „Unser Meister Wojan", sprachen sie, „will ausziehen, gegen das Übel in der Welt zu predigen." Sofort stimmte der König zu, obwohl er den bitteren Geschmack der Erpressung spürte. Und als der König und Prinz Eisenherz die Abschiedspredigt Wojans hörten, beschlich sie ein Gefühl des Unbehagens und der Bedrohung. „Es gibt nur einen König, dem ihr bedingungslos gehorchen müßt. Er ist der König über alle Könige. Er ist der unsterbliche König des Himmels. Die sterblichen Könige der Erde werden wieder zu Erde zerfallen."

Endlich verließ Wojan das weithin leuchtende Camelot, das unter seiner Stimmgewalt gelitten hatte. Doch hörten deswegen die Sorgen auf, die die gewaltige und glaubensglühende „Stimme“ verursacht hatte?

Barfuß wie immer durchschritt Wojan das Tor. Seine zwei Berater allerdings ritten stolz auf Rossen, die ihnen der König gegeben hatte. Einige Eiferer und Fanatiker folgten dem Prediger. Andere schlossen sich an. Wie ein Fieber griff der religiöse Wahn um sich. Aus Camelot folgten dem Zug Diener, Stallknechte, Schmiede nach, sogar Wachen warfen ihre Waffen weg und liefen mit der „Stimme“.

König Arthur und Prinz Eisenherz blickten sich an, waren verblüfft. Sie hatten erlebt, wie eine religiöse Bewegung entstanden war. „Ich habe versucht", sinnierte Arthur, „das Christentum einzuführen, Recht und Gerechtigkeit. Aber solche Begeisterung habe ich nie erlebt. Habe ich versagt?" Wojan merkte in seiner Einfalt gar nicht, wohin seine Wege führten. Seine Anhänger wurden immer zahlreicher. Selbst auf der Jagd unterhielten sich Arthur und Eisenherz über Wojan und die Gefahr, die von ihm ausging.

Und es war so, wie es Eisenherz seinem König erklärt hatte. Sleath und Dustad waren reich geworden. Sie hatten die Opfer für das Reich des Jenseits schon im Diesseits kassiert. Für sie war Wojan nur ein willfähriges Werkzeug ihrer Zwecke und Absichten. Wojan, erfreut über den großen Erfolg seiner religiösen Bewegung, merkte davon nichts. Seine mitreißende Stimme entzündete die Zuhörer, seine verworrenen Ansprachen umgaben ihn mit dem Geheimnis des Mysteriums. Bauern und Handwerker verließen Felder und Werkstätten, dem Pilgerzug zu folgen. Sie wußten nicht, wohin der Weg führte. Aber sie glaubten, daß ihr Meister, daß „Die Stimme" sie in die ewige Glückseligkeit führen würde, wo sie weder Hunger noch Not erleiden müßten.

Aber der Hunger quälte die Menschen im Diesseits. Und Not macht erfinderisch – oder bedenkenlos, gewissenlos, gewalttätig. Die hungernden Anhänger Wojans nahmen sich, was sie brauchten. Sie raubten die Dörfer aus, durch die sie kamen, sie plünderten das Land. Wer sich ihnen widersetzte, wurde geschlagen oder erschlagen. Nur der redliche Wojan wußte nichts, merkte nichts von alledem. König Arthur aber hörte von den Gräßlichkeiten und Grausamkeiten.

„Dieser Wojan", sprach der König mit sorgenvoller Stimme, „hat unzählige Anhänger, die ihm treu ergeben sind, ihm blindlings gehorchen. Den Prediger zu zügeln, ihm Einhalt zu gebieten, könnte das Schlimmste auslösen – einen erbitterten Glaubenskampf, einen heiligen Krieg. Mit uns auf der falschen Seite."

„Majestät", bat Eisenherz bedächtig um das Wort, „ich denke, ich habe die Lösung des Problems gefunden. Wir Ihr wißt, bat mich ein Abt, Wojan aufs Festland zu bringen. In seiner Redlichkeit und Einfalt weiß Wojan nicht, was seine Anhänger treiben. Dieser Abt hat großen Einfluß auf seine Brüder, und sie gehorchen ihm. Wojan wird dem Rat und den Anweisungen seines Abts Folge leisten."

So geschah es, daß Prinz Eisenherz die Insel vor der Küste wieder besuchte, den Abt dringlich bat, ihn auf das Festland zu begleiten. Sie folgten den Spuren der Pilger. Das war nicht weiter schwer. Rauchende Ruinen, verwüstete Dörfer und ausgeplünderte Städte wiesen ihnen den Weg. Die Macht der neuen religiösen Bewegung war nicht zu übersehen. Die Gruppe mit Eisenherz und dem Abt erreichte eine kleine Stadt, unberührt geblieben von den Plünderungen. Der Bürgermeister klagte sein Leid: ,,Wir haben für unsere Sicherheit bezahlen müssen. Sleath und Dustad haben die Schutzgelder von uns eingetrieben und dann ihre raublustigen Anhänger um die Stadt herumgeführt. Der Preis, den wir dafür bezahlt haben, unbehelligt zu bleiben, war sehr hoch. Aber wir hatten gehört, was in anderen Städten geschehen war. So haben wir bezahlt." Der Abt schüttelte den Kopf, solche Gemeinheit war unerhört.

Von aller Grausamkeit, Not und Zerstörung, die seine fanatischen Anhänger verübten, wußte Wojan nichts. Sleath und Dustad hatten ihn mit einer wohlgenährten Leibgarde umgeben. Ihr Reichtum und ihre Macht mehrten sich. – Eisenherz schickte einen Bote nach Camelot, einen Wagen mit Proviant zu holen, die Hungrigen und Ausgeplünderten zu verpflegen. In der nächsten Ortschaft wieder ein Bild des Schreckens. Es wurde geplündert und gebrandschatzt in wilder Raserei. Die Einwohner drängten in die Kirche, sie hofften dort Schutz zu finden.

Die zügellosen Plünderer waren keine Gegner für einen gerüsteten und bewaffneten Ritter, der ein blitzendes Schwert schwang, auf einem großen roten Streitroß daherjagte, dessen wirbelnde Hufe alle in feige Flucht versetzte.

Und wieder hörte Eisenherz die Namen Sleath und Dustad. „Wir haben eine große Summe Schutzgeld bezahlt. Aber wir sind betrogen und geplündert worden.“ Jetzt hielt es den Abt nicht länger. Im Galopp fegte er aus dem Städtchen hinaus. Auf einem kleinen Hügel sang und predigte Wojan.

Eine große Menschenmenge hörte der „Stimme“ andächtig zu. Eisenherz, noch zu weit entfernt, um die Worte verstehen zu können, zweifelte nicht an der Aufrichtigkeit des Predigers. Der Prinz und der Abt bahnten sich ihren Weg durch die zerlumpten und verhungerten Pilger, betraten Wojans Zelt. Jetzt mußte es sich erweisen. Hatte der Abt noch Autorität über seinen Mönch? Wojan erhob sich, kniete voller Demut nieder, um des Abtes Segen zu empfangen.

„Mein Sohn“, sagte der Abt, „du hast Gutes getan. Aber jetzt ist es an der Zeit, von den gesammelten Schätzen die Kathedrale zu bauen.“ „Schätze?“ rief Wojan erstaunt, „welche Schätze?“ Wojans Berater lächelten selbstsicher. Der Prediger wandte sich zu ihnen: „Ihr, meine gelehrten Brüder, habt unsere heilige Mission mißbraucht, Schätze anzuhäufen?“ „Ja, du Dummkopf“, fauchte Sleath.

Sleath keifte: „Wir sind Männer von großem Reichtum und von großer Macht. Du hast unseren Befehlen zu gehorchen. Du bist ein kleines Kind mit einer großen Stimme. Wir waren es, die dir die Worte in den Mund gelegt haben. Wir haben dich groß gemacht, wir können dich auch klein kriegen!“ Sleath und Dustad waren es so gewohnt, Wojan wie ein unschuldiges Kind zu behandeln, daß sie nie gedacht hatten, daß er ein Mann war. Ein großer, starker und sehr zorniger Mann. Und das bewies er seinen beiden Beratern.

„Wachen! Bewacht die Wagen!" brüllten Dustad und Sleath. Da kamen sie angerannt, die gutgenährten und bewaffneten Kerle. „Auf den Wagen muß der Schatz versteckt sein", flüsterte Eisenherz, „Wojan, komm mit. Hol dir das Geld, damit du deine Kirche bauen kannst." Ein aufgeregter Wojan folgte dem Prinzen. Die Wachen dachten nicht daran, die Schätze zu verteidigen. Sie wollten sie rauben. Ein erbitterter Kampf begann. Die Habgier stachelte die Schurken an. Eisenherz und Wojan verteidigten tapfer die Güter der künftigen Kirche.

Aus dem Kampf wurde eine Schlacht. Die hungernden Pilger sahen, daß ihr geliebter Prophet und bewunderter Prediger angegriffen wurde. In Windeseile ergriff sie alle eine unbändige Kampfeslust. Fäuste wurden geschwungen, Knüppel schlugen auf Köpfe. Zwar wußte bald keiner mehr, wer wessen Feind war. Aber das störte die ehemals so friedlichen und gottesfürchtigen Pilger nicht. Mit wahrer Inbrunst prügelten sie die Wachmannschaften, verdroschen sich gegenseitig.

Eine Weile sah Prinz Eisenherz amüsiert dem Treiben zu, Wojan beobachtete den Tumult voller Staunen. Dann ertönte, hell wie eine Trompete, seine Stimme. Sie übertönte den Lärm des Kampfes, zwang alle in ihren

Bann. „Friede! Friede!" Eisenherz war es diesmal, der der „Stimme" die Worte einflüsterte. „Unsere lange Leidenszeit ist vorüber. Euer Hunger wird gestillt werden. Dank der Gnade unseres guten Königs Arthur ist Proviant hierher auf dem Weg. Alle werden satt werden."

Der Abt selbst verband Wojans Wunden. „Keine Angst, mein Sohn", sprach er, „aus all dem Bösen wird Gutes erwachsen."

Der Abt fügte hinzu: „Der Bruder Säckelmeister zählt gerade die angehäuften Schätze. Deine Kirche wird gebaut werden können.“ Bis spät in die Nacht arbeitete der begeisterte Abt an den Plänen für die Kirche. Weil der Säckelmeister aber immer weiter zählte und rechnete, gerieten die Vorhaben immer größer: zur Kirche kam ein Kloster, ein weiteres für Nonnen, ein Hospital, Gärten. Nur Prinz Eisenherz war voller Unruhe. Hatte seine Botschaft den König erreicht? Die Wagen mit den Nahrungsmitteln mußten bald eintreffen. Was sollte nun mit den beiden Schurken Sleath und Dustad geschehen? Der Säckelmeister lächelte: „Des Königs Gerechtigkeit wird sie am Galgen baumeln lassen. Aber warum wollen wir den guten König mit den Bösewichten belästigen?“

Der Bruder Säckelmeister, in seinem früheren weltlichen Leben ein gewiefter Kaufmann, befahl, die Fesseln der Schurken zu lösen. „Sleath und Dustad, ihr seid frei. Durch eure unehrenhaften Machenschaften habt ihr es ermöglicht, daß Wojans Kirche und Kloster gebaut werden. Hier ist eure Belohnung. Nun geht!" Mit gierigen Fingern betasteten sie ihre Belohnung. Jeder hielt einen Becher aus purem Gold in Händen, überreich verziert mit kostbaren Edelsteinen. Doch schon waren sie von den Raufbolden ihrer Wachen umringt. Gierige Augen gafften nach dem Gold und den Edelsteinen.

Der Säckelmeister trat wieder ins Zelt, er hatte gute Nachrichten: „Ein Bote ist eingetroffen, er meldete, daß ein Wagenzug mit Lebensmitteln nur noch eine Meile entfernt ist. Und", fügte er scheinheilig lächelnd hinzu, „ich habe unsere beiden Wohltäter belohnt. Leider waren es gierige Menschen, umgeben und verfolgt von anderen gierigen Männern."

In keiner Überlieferung wurden seitdem die Namen Sleath und Dustad wieder erwähnt.

Verrat an König Arthurs Hof

König Arthur hatte einen Wagenzug mit Lebensmitteln geschickt, die hungrigen Pilger zu nähren. Er war so klug gewesen, viele Bewaffnete mitzugeben. Sonst hätten die Starken gegessen, und die Schwachen hätten weiter gehungert. Gebete wurden für den guten König Arthur gesprochen. Dann ertönte wieder die klingende Stimme des Predigers und Propheten Wojan:

„Hier auf diesem Hügel wird sich unsere Kirche erheben. Alle, die mit Werkzeugen ausgerüstet sind, alle, die hier arbeiten wollen, können gern bleiben. Auch die, die unserem Orden beizutreten wünschen. Alle, die heimkehren möchten, können mit den Proviantwagen fahren. So werden sie sicher und wohlbehalten ihre Heimat wieder erreichen."

Auch Prinz Eisenherz blieb, mit Begeisterung half er beim Bau der Kirche. Der König war großzügig. Er schickte Architekten und Maurermeister und auch Verpflegung. Das friedliche Aufbauwerk als Abschluß einer gewalttätigen und räuberischen Pilgerschaft hatte ihm so manche Sorge genommen. Auch Aleta hätte zufrieden sein können. Das Hofleben auf Camelot war glänzend und fröhlich. Ihre Familie war laut und gesund. Aber sie war einsam. Sie war mit einem prächtigen Helden verheiratet – der aber nicht bei ihr war. Sie träumte von der Vergangenheit.

Aleta erinnerte sich an all die Aufregungen und Abenteuer, aber auch an den Ärger und den Streit, die sie mit Prinz Eisenherz erlebt hatte. Leider war er viel zu oft unterwegs. Dafür hatte er ihr allerdings auch viel Gutes getan. Ihr zu vier lebhaften Kindern verholfen – ach, der Liebe. Aletas Herz wurde vor zärtlichem Verlangen schwer. Ihre Sehnsucht entlud sich in plötzlichem Handeln. „Katwin, hüte die Kinder, während ich weg bin. Arne, beeil dich, wir besuchen deinen Vater. Wir wollen sehen, wie es ihm geht."

So brach Aleta zu ihrem Pilgerzug auf, nur das Notwendigste im Gepäck – auf eine lange Karawane von Packpferden verteilt.

Arne, der zusammen mit seinem Vater den langen Weg nach Bagdad geritten war, hatte viel gelernt. Er wählte immer den richtigen Lagerplatz, achtete dabei darauf, daß sie fließendes Wasser hatten, einen Weideplatz für die Pferde, sich gut verteidigen konnten. Er stellte Wachen auf, schickte Späher aus. Diese Späher brachten Schreckensnachrichten. Einige der Pilger hatten sich zusammengerottet, waren zu Räuberbanden geworden. Doch nur noch eine Tagesreise, dann sollte Aletas Pilgerzug die Baustelle erreichen.

Aleta brauchte viele Stunden, um sich auf das Wiedersehen mit Eisenherz vorzubereiten. Nach einem langen Bad mußte sie sich eincremen, schminken, parfümieren. Ihre Goldhaare, frisch gewaschen, mußten getrocknet, ausgiebig gebürstet, gekämmt, zu einer kunstvollen Frisur aufgesteckt werden. Dann mußte sie verschiedene Kleider anprobieren, Hüte, Mützen, Gürtel, Schals, Tücher, Umhänge, Mäntel, Handschuhe. Als dies alles fein aufeinander abgestimmt war, auch der passende Schmuck angelegt war, war sie bereit, ihren Mann zu treffen. Der stand in einer Lehmkuhle, inmitten von schmutzigen Arbeitern. Kaum eine Ähnlichkeit mit dem Kriegshelden und Prinzen.

„O Eisenherz, mein Lieber, du bist so wunderschön schmutzig, so hinreißend beschmiert“, stöhnte Aleta voller Entzücken und schmiegte sich zärtlich an ihren Mann, hauchte voller Hingebung: „Du bist schwerer geworden – durch all die Erde, die deinen Körper überkrustet.“

Aletas Pavillon stand in einem Hain, durch den ein Bächlein plätscherte. Eisenherz packte seine wenigen Habseligkeiten und verließ das einfache Zelt, das er mit dem Abt und Wojan geteilt hatte. Auf dem Weg blickte er noch einmal zurück, dachte an das einfache Leben. Er seufzte. Aleta sang fröhlich beim Auspacken ihrer allernotwendigsten Sachen. Bald sah ihr großes Zelt wie ein orientalischer Basar aus, duftete wie ein Blumengarten.

Aleta hatte keine Magd mitgebracht. Wer hätte nun auf Ordnung achten sollen? Eisenherz sah, wie seine Waffen und seine Rüstung verschwanden – unter einer Wolke von glänzenden Tüchern und eleganten Kleidern. Im Hüttendorf, wo auch die Arbeiter untergebracht waren, heuerte Eisenherz zwei Mädchen an, die Aleta helfen sollten. Jetzt konnte er wieder auf die Baustelle gehen. Zusammen mit Arne auf dem Gerüst, wies Eisenherz nach Osten. „Dort, wo tief der Nebel hängt, sind die Sümpfe, wo ich meine Kindheit verbrachte. Eine wilde und schöne Gegend, voll von Geheimnissen und Abenteuern." Arne war ganz still, blickte in die Ferne – Geheimnisse! Abenteuer!

Nach der Arbeit, während des Abendessens, nach dem Essen, Eisenherz mußte von seinen Abenteuern in den östlichen Sümpfen erzählen. Arne hing an seines Vaters Lippen. Immer wieder fragte er, ermunterte Eisenherz zu weiteren Geschichten und Berichten*. Es war längst tiefe Nacht geworden. Arne stellte noch tausend Fragen, ließ sich auf einer Karte die Sümpfe zeigen, verlangte Erklärungen. Eisenherz war am nächsten Morgen nicht überrascht, daß Arne sich ein Kanu besorgt hatte und entschlossen war, in die Sümpfe aufzubrechen.

Alete war ängstlich besorgt, Arne war klein, und die großen Sümpfe steckten voller Gefahren. Eisenherz lachte: „Es wird Zeit, daß er lernt, selbständig zu werden.“ Arne winkte.

Sein Boot folgte dem Fluß in die Sümpfe, und Arne lernte sehr schnell sehr viel von der Kunst, ein Boot zu staken. Mittags schon war er im Sumpfland. Die Hügel, wo seine Eltern waren, verschwanden in der Ferne. Weiter ging die Fahrt in das unbekannte überraschende Abenteuer. Der Fluß trieb das Boot immer tiefer in den großen Sumpf hinein. Die Sonne neigte sich langsam dem Horizont zu. Arne war allein.

**Diese spannenden Abenteuer finden wir im ersten Band unserer Serie, „In den Tagen König Arthurs“*

Arne machte die Entdeckung, daß der große Sumpf wirklich eine Gegend voller Geheimnisse war. Da fanden sich unzählige Kanäle, Seen, Teiche, nasse Wiesen, morastige Landzungen, Moorflächen. Er hatte die Orientierung verloren, nachdem die Sonne untergegangen war. Er hatte sich verirrt. Arne fragte sich, ob sein Vater damals auch den Hauch der Angst in seinem Herzen gefühlt hatte. – Die Nacht war schon hereingebrochen, ehe Arne festen Grund fand – eine wabbelnde Schlammbank. Moskitowolken umschwirrten ihn, die Geräusche der Nacht ertönten. Gekreisch und schrilles Pfeifen, Flüstern und dann lautes Aufklatschen im Schilf.

In der Morgendämmerung wälzte sich ein schwerer Nebel von der fernen See über die Sumpflandschaft. Arne stakte weiter, auf der Suche nach einem Kanal durch die feuchte Wildnis. Dann wischte Regen den Nebel weg. Jetzt fand Arne nicht nur einen Kanal, viele Wasserwege führten in viele Richtungen. Am Abend erreichte er eine kleine Insel, das Ende seines Proviants und den Zustand wachsender Panik. Ein stürmischer Morgen. Ein Finkenlied und der Ruf eines Eichhörnchens erinnerten ihn, daß es Beeren und Nüsse geben mußte. Nach dieser Mahlzeit schleppte Arne das Boot wieder zu Wasser.

Er dachte an einen guten Rat seines Vaters: „Folge der Strömung, und du erreichst das Meer. Gegen die Strömung kehrst du zurück." Während Arne versuchte, einen großen Hecht zu fangen, fiel ihm ein anderer Ratschlag ein: „Die Oberfläche des Wassers bewegt sich mit dem Wind. Die Pflanzen unter dem Wasser aber bewegen sich mit der Strömung." Arne verbrachte den Tag mit Fischfang und Jagd. Aus Lehm baute er im Boot eine sichere Feuerstelle, war so nicht angewiesen, eine trockene Insel finden zu müssen.

Am nächsten Morgen wachte Arne munter auf. Bis zum Abend wollte er wieder das feste Land erreicht haben. Er trank einen Schluck Wasser – Salzwasser! Er war nicht stromaufwärts gepaddelt, sondern gegen die Flut. Er wendete, folgte seinem Herweg, erreichte abends die Stelle, von der aus er gestartet war. – Prinz Eisenherz stellte sich eine Frage. Natürlich, sein Sohn sollte selbständig sein – aber überforderten die geheimnisvollen Sümpfe nicht die Kraft eines Heranwachsenden?

Der fünfte Tag von Arnes Abenteuer war angebrochen. Der junge Prinz suchte wieder nach einem Weg heraus aus dem Sumpfland. Auch Prinz Eisenherz war unterwegs, in einem geliehenen Einbaum. Er wußte, es würde nicht leicht sein, Arne zu finden. Die Sümpfe hatten sich verändert, Seen waren zugewuchert, Wasserströme hatten einen anderen Lauf genommen. Eisenherz markierte seinen Weg. Er dachte, daß sich hier Gesetzlose und Flüchtlinge immer noch versteckt halten mochten. Ob der riesige Thorg noch lebte? Am Abend schliefen Vater und Sohn in ihren Booten - aber zehn Meilen voneinander entfernt. Eisenherz schlief unruhig. Auch Arne lag lange wach. Hatte er sich zuviel zugemutet?

Von Zeit zu Zeit blies Eisenherz in sein Horn. Seine Signale tönten über die weite Sumpflandschaft – doch sie blieben ohne Antwort. Endlich entdeckte der besorgte Vater seinen Sohn. Arne kniete im Boot, spähte angestrengt in das Wasser, um an den wehenden Wasserpflanzen die Strömung zu erkennen. Und dort, am Ufer knieend, die unheimliche, finster drohende Gestalt des Riesen Thorg. Jetzt setzte der Riese zum Sprung an, die Keule erhoben. Prinz Eisenherz' beherrschte Stimme zerriß die Stille: „Thorg! Ärgere mich nicht wieder. Erinnere dich, wie es dir das letzte Mal erging!"

Thorgs Grollen endete im ängstlichen Gewimmer. Eisenherz' schneidende Stimme verlor etwas von der harten Kälte: „Erinnere dich! Als wir uns in Frieden begegneten, habe ich dir ein Geschenk gemacht. Erinnere dich, Thorg!" In dem dumpfen Gehirn des Riesen begann es zu dämmern. Langsam ließ er seine wuchtige Keule sinken. Auf sein grobes ungeschlachtes Gesicht stahl sich ein leises Lächeln.

Thorg zückte sein abgewetztes Messer. Eisenherz warf ihm sein Kurzschwert zu, dankbar grunzte der Riese. Vater und Sohn paddelten davon. Sie konnten der Versuchung, zu jagen, nicht widerstehen. Als sie mit reicher Beute Aletas Zelt betraten, konnten sie nicht verstehen, warum sie weinte.

Es war an der Zeit, wieder den Pflichten in Camelot nachzugehen. Aleta und Prinz Eisenherz bereiteten ihre Abreise vor, nahmen Abschied. Der Abt und Wojan baten Eisenherz, eine wichtige Mission zu erfüllen: „Wenn Ihr uns verlaßt, dann wird unser Schatz hier nicht mehr sicher sein. Nehmt ihn mit nach Camelot. Denkt an die Pilgerbanden, die durchs Land ziehen.“ Wie zur Bestätigung trafen Reisende ein, suchten auf der Baustelle Schutz vor den marodierenden Banden. Bis des Königs Truppen wieder für Sicherheit gesorgt haben würden, würde der Landweg zu gefährlich sein. Eisenherz charterte ein Schiff, das sie in die Nähe von Camelot bringen sollte.

Wieder zurück auf der Baustelle, wo die Mauern der Kirche und der Klostergebäude langsam in den Himmel wuchsen. Die Reisenden, die den räuberischen Banden der ehemaligen Pilger noch entkommen waren, baten Prinz Eisenherz, unter seinem Schutz mitreisen zu dürfen. Bis in die Nähe von Hastings, wo der Anführer Ethwald ein Lehnsgut besaß.

Eisenherz war so damit beschäftigt, sein tapferes Streitroß Arwak sicher auf dem Schiff unterzubringen, daß er nicht darauf achtete, wie der ihm anvertraute Schatz verstaut wurde. Aber darauf hatte Ethwald sein Augenmerk gerichtet. Seine Augenbrauen schoben sich nach oben, ihm schwebte nun eine Zukunft in Reichtum und Verschwendung vor. Er grübelte, wie er schnell in den Besitz des Schatzes kommen könnte.

Ein günstiger Wind trieb das Schiff vorwärts. Ethwald war ein blendender Unterhalter. Seine Jagdgeschichten aus dem wildreichen Wald seines Lehens ergötzten die Zuhörer.

Das Schiff fuhr durch die Meerenge zwischen Britannien und dem europäischen Festland. Aus unerklärlichem Grund waren alle Wasserfässer leck, und das kostbare Trinkwasser war ins Meer geflossen. Ethwald wußte Rat: „Ich kenne eine kleine geschützte Bucht in der Nähe, wo die Wasserfässer an einem klaren plätschernden Bach neu gefüllt werden können."

Ethwald kannte sich wirklich an der Küste aus. Das Schiff erreichte die Bucht, ankerte. Die Fässer wurden an Land gebracht, ausgebessert, neu gefüllt. Ethwald und seine Freunde wollten diese Stunden nutzen, um zur

Jagd zu gehen. Sie luden Arne ein, sich ihnen anzuschließen. Sie erklommen die Hügel. In der Ferne, über den Waldungen, erhob sich eine Festung. „Wem diese Burg wohl gehört?" fragte Arne. „Mir", antwortete Ethwald hinterhältig lächelnd. Auf sein Zeichen wurde Arne festgenommen und gefesselt.

Längst waren die vollen Wasserfässer wieder im Laderaum des Schiffs verstaut. Der Tag ging zu Ende. Noch immer kein Zeichen von der Jagdgesellschaft. Aleta und Eisenherz machten sich Sorgen.

Ein Ruderboot näherte sich von der Küste. Ein Mann huschte an Bord, übergab einen Brief, sprang schnell in sein Boot zurück. Mit einigen Ruderschlägen war er wieder in der Dunkelheit verschwunden. Eisenherz las im Licht des Mondes das Papier: ein Erpresserbrief.

Arne, in einem finsteren schmutzigen Kerker eingeschlossen, fragte sich, ob er jemals wieder irgendwem trauen könnte.

Eisenherz scharte alle kampffähigen Männer um sich. Im Morgengrauen führte er die Krieger auf die Hügel, Ethwalds Festung zu finden. Zorn und Wut stauten sich in seinem Herzen. Ethwald sah vom Festungsturm, wie sich die Männer seinen Mauern näherten. Er begrüßte sie vergnügt: „Einen schönen Tag wünsche ich. Prinz Eisenherz, Ihr wißt doch, daß Ihr nicht genug Männer habt, die Mauern zu stürmen. Aber wenn Ihr Eure Waffen vor dem Tor ablegt, seid Ihr willkommen, und wir können über ein Tauschgeschäft reden.“

„Euer Sohn, Prinz Eisenherz, ist ein feiner Kerl. Ihr seid sicher sehr stolz auf ihn. Arne ist Euch lieb und wert. Er ist die Schätze auf dem Schiff wert.“ Ethwald lachte. Eisenherz kehrte an Bord des Schiffes zurück. „Zahle das Lösegeld, kaufe Arne frei“, riet Aleta, „dann belagere die Festung, bis wir Verstärkung von Camelot erhalten.“ Eisenherz schüttelte den Kopf. „Der Schatz gehört mir nicht, ich darf ihn nicht weggeben.“ „Nun“, Aleta schnippte mit den Fingern, „dann bring deinem Sohn wenigstens seine Medizin gegen seine Erkältung.“ Und dann hatten beide eine Idee.

Aleta öffnete ihre Reiseapotheke, stellte Fläschchen und Phiolen mit bunten Flüssigkeiten auf den Tisch, Tiegel mit duftenden Kräutern und Salzen. Mit geschickten Händen mixte sie die geheimnisvollen Mittel zu einer Medizin. So entstand ein harmloses, aber bitteres Rezept gegen Habgier.

Wieder stieg Prinz Eisenherz die Hügel hinauf zu Ethwalds Festung. Außer Atem kam er an das Burgtor, wurde gleich zu dem Herrn der uneinnehmbaren Festung vorgelassen, der ihn mit offenem Triumph empfing.

„Der Aufstieg hat mich erschöpft, und ich habe Durst", keuchte Eisenherz entschuldigend. Sein Gastgeber befahl, Wein zu bringen. Er war in ausgelassener Stimmung. Würde er nicht bald reich sein, unermeßlich reich? Seinem Gast blieb ja nichts anderes übrig, als seine erpresserischen Forderungen zu erfüllen.

Versteckt unter seinem Mantel holte Eisenherz die Phiole mit der bitteren Medizin, dem Heilmittel gegen Erpressung, hervor, schüttete die Flüssigkeit in seinen halbgeleerten Becher. Er wies aus dem Fenster. ,,Dort, auf diesem Hügel", und er vertauschte die Becher des Gastes mit dem des Gastgebers, ,,wollen wir den Austausch von Lösegeld und Geisel vornehmen."

„So sehr ich Verbrechen verabscheue, auf Eure Gerissenheit und Geschicklichkeit muß ich bewundernd meinen Becher erheben“, Prinz Eisenherz stand auf, grüßte den Schurken Ethwald und trank den Wein. Geschmeichelt hob auch der Erpresser seinen Becher. Ein verwirrter Ausdruck erschien auf seinem Gesicht. Mit starren Augen blickte er in den Becher, sah am Boden Kristalle blinken. „Gift!“ schrie er gepeinigt auf. „Ja“, antwortete Eisenherz freundlich, „du hast noch zwei unerfreuliche Tage zu leben. Aber Königin Aleta, erfahren in den Geheimkünsten der Gifte, kann dir ein Gegenmittel mixen. Das kostet natürlich etwas . . .“ „Wachen“, röhrte Ethwald, „nehmt Prinz Eisenherz gefangen. Und wenn Gegengift und Schatz nicht bald hier sein werden, werden Vater und Sohn sterben.“ Eisenherz lachte. „Ethwald, trau den Frauen nicht. Aleta“, log er, „ist sehr launenhaft. Ärgere sie nicht, sonst segelt sie mit dem Gegengift und dem Schatz davon.“

„Gut", hatte Ethwald zugestimmt, „aber Arne bleibt als Geisel hier." „Wenn du der Königin nicht den Sohn zurückbringst, wird sie dir statt des Gegengifts ein noch schlimmeres Gift brauen." Ethwald, im Würgegriff des Gifttodes, war einverstanden. Auch Arne verließ die Festung. An Bord des Schiffes flehte Ethwald Königin Aleta an, ihn zu retten, zu heilen. Zuerst hatte sie ihm einiges zu sagen, über schurkische und räuberische Ritter. Danach ging es ihm noch schlechter. Nun erst konnte Aleta das Gegengift mischen. „Was hattest du ihm verabreicht?" fragte Eisenherz. Aleta kicherte. „Senf, Alaun, Bitterwurzel." „Kein Wunder", schmunzelte Eisenherz, „daß er sich vergiftet fühlt. Und was muß er jetzt schlukken?" „Ranziges Fischöl, Wermut, Honig, Galle, jede Stunde einen Becher." Nach dem ersten Schluck stürzte Ethwald an die Reling . . .

. . . und sah, daß die Boote das Schiff aus der Bucht hinaus auf die offene See brachten. Er klagte Aleta des Verrats an. Das war gegenüber der Mutter des Sohnes, den er als Geisel eingekerkert hatte, nicht klug. Prinz Eisenherz wollte den Erpresser vor zusätzlichen Qualen retten. Doch Ethwald schimpfte immer weiter. Dann bereute er seinen Fehler. Es dauerte mehr als eine Stunde, in der ihn Aleta über alle seine Charakterfehler aufklärte. Auch über die, die er nie vermutet hätte. Und er wurde darüber aufgeklärt, daß man ihn nach Camelot brachte, ihn der Gerechtigkeit des Königs zu übergeben.

Wieder einmal kehrte Prinz Eisenherz nach Camelot zurück. Aleta dachte an die schwere Aufgabe, die sie zu erfüllen hatte. Aus diesem selbstgefälligen und aufgeblasenen Helden mußte sie nun den netten, freundlichen und aufmerksamen Ehemann machen, den sie so sehr liebte.

Seit zwei Monaten verdunkelten die Wolken des Krieges den Norden des Königreichs. Bis jetzt hatte König Arthur noch geduldig gewartet. Nun war die Zeit gekommen, das Reich zu verteidigen, die Ritter waren kampfbereit.

Für einen Pagen gab es Prüfungen. So wurde Arne vor Sir Baldwin befohlen. Freudig vernahm er die Aufforderung, für den Kampf zu üben. Er vergaß . . .

. . . daß seine Erziehung zum künftigen Ritter schon früh begonnen hatte, daß auch seine Mutter ihn gelehrt hatte, Schläge einzustecken. Mit Schwert und Lanze übte Arne, bis Reiter und Pferd aufeinander eingespielt waren. Der gestrenge Sir Baldwin beobachtete die Übungen der Pagen. Arne mußte zwar als der jüngste Prüfling wieder viele Schläge einstecken. Aber er war so geschickt, daß er zum Jungmann befördert wurde.

Der Kriegsrat auf Camelot hatte getagt. König Arthur wies die Hauptleute in ihre Pflichten ein. Alle Ritter bemerkten die leise Veränderung, die mit dem König vorgegangen war. Er war Arthur, der Anführer der Männer, der meist gefürchtete Krieger in ganz Britannien – an seiner Hüfte Excalibur, das Zauberschwert, das Gegenstück zum Singenden Schwert. Der König von Nord-Wales war gestorben. Sein Sohn Cidwic hatte den Thron bestiegen, seine Vasallen um sich versammelt. Sie sollten für einen Kriegszug Männer aufbieten. Denn einst reichte das Herrschaftsgebiet bis nach Schottland. Cidwics Absicht war, dieses Gebiet wieder zu erobern – und vielleicht noch andere Länder.

Unter schmetterndem Trompetenklang und wehenden Wimpeln und Bannern verließ Cidwic mit seiner Streitmacht seine Burg. Sein Marsch zur Vormachtstellung hatte begonnen. Nur ein großes Hindernis auf seinem Weg. Die befestigte Stadt Carlisle, vor langer Zeit von den Römern errichtet, um das westliche Ende des Hadrianwalls zu schützen. Wäre erst Carlisle eingenommen, mit Aussicht auf reiche Beute für gierige Plünderer, würden die Horden der Pikten und Caledonier sich ihm anschließen – und er würde bald der Herrscher Nord-Britanniens sein. König Arthur schickte eine Flotte mit vielen Vorräten und erprobten Bogenschützen zur bedrohten Stadt. Gegen Cidwics Heer schickte der König nur einen Trupp leichter Reiter, Ingenieure, Baumeister und Handwerker unter dem Befehl von Sir Kay, Arthurs Pflegebruder.

Quer über die Straße zu Cidwics Festung zogen Sir Kays Handwerker einen tiefen Graben, schütteten einen Wall auf, errichteten eine Palisadenwand. Die kleine Besatzung der Festung konnte die Bauarbeiten nicht stören.

Die leichte Reiterei König Arthurs ritt Attacken, zerschlug Verbindungslinien, zerstreute Nachschubtrupps. Cidwic hörte davon, und es freute ihn. Wenn das alles war, was König Arthur gegen ihn einzusetzen hatte! Selbst wenn er seine Festung verlieren müßte, die Einnahme der Stadt Carlisle, ihre Reichtümer und Schätze würden ihm Stärke und Macht geben.

Aber die Stadt Carlisle fiel nicht. Sie hielt der Belagerung durch Cidwics Streitmacht stand. – Auf Camelot. Der König bat Prinz Eisenherz zu sich. „Nur die Aussicht auf die Plünderung der Stadt hält Cidwics Armee zusammen. Die Erntezeit ist da, die Soldaten wollen nach Hause. Richtet Sir Kay aus, daß sich unsere Armee in dieser Woche auf den Marsch begibt. Und Ihr, Prinz Eisenherz, stellt aus den Jungmannen, die hier so geschickt üben, eine Truppe schneller Meldereiter zusammen.“ Eisenherz wählte die besten Reiter aus. Auch seinen eigenen Sohn mußte er für diese gefährliche Arbeit bestimmen. Arne, an Blessuren und Beulen reich, hatte seine Prüfungen bestanden. Und er freute sich, als sein Vorbild voller Anerkennung sprach: „Wir werden es schaffen, einen Ritter aus dir zu machen.“ – Am nächsten Tag war Arne der jüngste und kleinste Meldereiter – und der flinkste.

Vor den uneinnehmbaren Mauern von Carlisle mußte Cidwic eine Niederlage befürchten. Seine Armee drohte auseinanderzufallen. Die Männer hatten die vereinbarte Zeit gedient, jetzt hatten sie Angst, nicht mehr rechtzeitig in ihre Dörfer zurückkehren zu können. Sie mußten zur Ernte, sich auf den künftigen Winter vorbereiten. Cidwic als Mann der Tat befahl den Rückzug. Wenn er seine Festung vor der Ankunft der Armee König Arthurs erreichte, konnte er dort den Winter lang widerstehen, wenn die Kämpfe ruhten.

Ein Kundschafter brachte die Nachricht von Cidwics Manöver zu Prinz Eisenherz. Der wußte, sollte der kriegslüsterne junge König von Nord-Wales seine Festung erreichen, würde der Krieg bis ins nächste Jahr dauern. Eisenherz sandte seinen geschicktesten Meldereiter zu König Arthur: Prinz Arne. Nur Sir Kays Bollwerk stand zwischen Cidwics Armee und seiner Festung. Auch Prinz Eisenherz preschte los. – Arne hatte den König erreicht, seine Meldung erstattet, wendete sein Pferd.

Eisenherz erreichte den Vorposten, schlug Alarm, da zeigte auch schon eine Staubwolke am Horizont eine heranrückende Armee. Die Palisaden wurden mit Bogenschützen besetzt, das Tor verschlossen und verriegelt – als ein einsamer Reiter auf abgehetztem Pferd noch Einlaß begehrte: Arne, der sich zu neuem Dienst zurückmeldete. Da brandete schon Cidwics Armee heran. Er hoffte, die Verteidiger zu überraschen, befahl einen Sturmangriff, um die wenigen Männer zu überrennen. Er wußte, das Heer König Arthurs war noch zu weit entfernt. Die Attacke wurde abgewehrt, zurückgeschlagen. Von diesem Fehlschlag ließ sich Cidwic nicht entmutigen. Er befahl, Sturmleitern, Rammböcke und Brandpfeile vorzubereiten.

Während die Sturmleitern gezimmert wurden, fiel auf die Verteidiger des Bollwerks ein Hagel von Brandpfeilen nieder, legte Feuer an die Palisaden und Gebäude aus Holz. Das Feuer blieb unter Kontrolle – bis der Brunnen trocken war. Jetzt donnerten die Rammböcke gegen das Tor. Das Dröhnen mischte sich mit dem Geräusch splitternden Holzes. Ohne Rücksicht auf die eigenen Verluste stürmten Cidwics Männer den Graben, den Wall, die Palisaden. In großer Übermacht fielen sie über die tapferen Verteidiger her.

Die Pferde, wahnsinnig vor Angst, wurden freigelassen. Vom Feuer getrieben, stürmten sie durch das Tor, die sichere Freiheit suchend. Viele mutige Angreifer wurden beiseite geschleudert, zermalmt, zerquetscht – oder ergriffen die Flucht.

Der triumphierende Klang des Singenden Schwertes war dort zu hören, wo Eisenherz die Stiege verteidigte. Die Angreifer fielen hinunter wie Herbstlaub. Das Singende Schwert wütete in einem fürchterlichen Sturm. Ein Bogenschütze im brennenden Turm sorgte mit sicherer Hand, daß die Angreifer seinem Vater nicht zu lästig wurden.

So schwer waren die Verluste für Cidwics Krieger, daß der Angriff zusammenbrach.

Nun mußte Cidwic selbst zum Schwert greifen. Jetzt war der Augenblick gekommen, seine Soldaten zum Sieg zu führen.

Cidwic betrat durch das zerstörte Tor das Bollwerk, mit stolzer siegesgewisser Gebärde das gezückte Schwert in der entschlossen geballten Faust. Sein Sieg war greifbar. Dann verharrte er erschrocken, entsetzt. Den Hof hatten seine Männer unter schweren Verlusten eingenommen. Der Wachturm stand in hellodernden Flammen. Dort oben stand nur ein einziger Bogenschütze, der schnell seine Geschosse auf die dichtgedrängten Angreifer schwirren ließ – mit tödlicher Genauigkeit.

Zwei Treppen führten nach oben auf die Galerie. Auf der einen Sir Kay,

der einen fürchterlichen Preis für den Zugang forderte. Der Preis war so hoch, daß ihn viele Krieger schon mit ihrem Leben bezahlt hatten. Die andere Treppe hielt Prinz Eisenherz. Sein Singendes Schwert wütete unter den Angreifern. Es zischte, klirrte, sang und schwirrte seine Melodie von Kampf und Tod.

Dieser Treppe wandte sich Cidwic zu. Sein Herz war zum Zerbersten gefüllt mit Zorn und Verzweiflung. Er würde diesen Vorposten nehme. Aber zu einem solch hohen Preis, daß er nicht mehr in der Lage sein würde, mit genügend kampffähigen Männern König Arthur entgegenzutreten.

Cidwic wußte: Jetzt stand er vor der wichtigsten Entscheidung seines Lebens. Um ihn herum seine Männer – tot, verletzt, verzweifelt kämpfend. Mit durchdringender Stimme rief er: „Prinz Eisenherz! Seid Ihr bereit, Euer Können mit dem meinen zu messen?“ Im gespenstisch grellen Glanz des gleißenden Feuers standen sich Cidwic und Prinz Eisenherz gegenüber. Nur das knisternde und prasselnde Feuer war noch zu hören. Wieder hob Cidwic seine Stimme: „Es war schon immer mein Wunsch, mich an einem gefeierten Meister zu erproben.“ „Ich werde mein Bestes tun“, antwortete Eisenherz.

So begann der berühmte Zweikampf. Prinz Eisenherz, erschöpft, blutend, nach Atem ringend nach stundenlangen Kämpfen, stand dem jungen König Cidwic gegenüber, der frisch und ausgeruht war, voller Zuversicht in seine Fähigkeiten. Eisenherz ging sparsam mit seinen Kräften um, verteidigte sich nur. Cidwic, Meister vieler Finten . . .

. . . sprang zum Angriff vor, wieder zurück, Eisenherz zu einem Fehler verleiten wollend. Eisenherz beobachtete seinen geschickten Gegner. Noch ein anderes Augenpaar blickte aufmerksam dem Kampf zu. „Sein rechtes Bein!" Ein Zuruf in Griechisch, der Sprache von Arnes Mutter, die hier niemand als Eisenherz verstand. Immer wieder sprang Cidwic zurück, links abdrehend, sein rechtes Bein dabei noch in der Luft. Sollte Eisenherz darauf zielen, würde er wieder fest auf dem Boden stehen, den Schwertarm von Eisenherz fest treffen. In die nächste Vorwärtsdrehung von Cidwic sprang Eisenherz hinein. Sein vernichtender Schlag traf Cidwic unerwartet, der verlor die Balance . . .

. . . und fiel kopfüber von der Galerie in den offenen Hof. Cidwic war etwas überrascht, daß er hier lag, über sich den leuchtenden Himmel. Er fühlte keinen Schmerz. Nur eine große Müdigkeit. Langsam schlossen sich seine Augen, Frieden legte sich auf das wilde Gemüt des jungen Eroberers.

Prinz Eisenherz hatte den Sturz des Gegners verfolgt, ohne Freude erlebte er seinen Sieg, das Ende des gescheiterten Königs von Nord-Wales. Eisenherz war erstarrt vor Erschöpfung. Die Stille wurde zerschnitten durch eine junge schmetternde Stimme: „Vorwärts! Vorwärts zum Sieg! Sieg für König Arthur!" Die Angreifer, zahlenmäßig weit überlegen, hatten schon gewähnt, des Sieges sicher zu sein. Aber jetzt, nach dem Verlust ihres Führers, verloren sie den Kampfgeist. Nach kurzem Gefecht waren sie aus dem Vorposten gedrängt.

Eine Staubwolke, das Donnern trommelnder Pferdehufe kündigte das Kommen von König Arthur und seinen Rittern an.

Nach der Schlacht um das Bollwerk mag einem jungen Bogenschützen verziehen sein, der in einem Augenblick des Stolzes ausrief: „Der größte Krieger! Keiner ist so kühn, so tapfer! Er ist mein Vater! Und ich durfte an seiner Seite kämpfen.“ König Arthur war eingetroffen, er grollte: „Warum habe ich immer das Pech, Euch, Prinz Eisenherz, für solche Aufgaben auszuwählen“, seine Augen zwinkerten schalkhaft, „wir sind nachts geritten, um festzustellen, daß Ihr den ganzen Spaß gehabt habt. Eisenherz, Ihr seid ein Spielverderber.“

Der tote König Cidwic wurde feierlich zur königlichen Festung von Nord-Wales gebracht. Ein Herold verkündete: „König Arthur hat einen Waffenstillstand beschlossen, ihr könnt unbehelligt die Verwundeten pflegen, die Toten begraben.“ Kriegsmüde ergab sich die Festung. Im Triumph zog König Arthur ein. Cuddock, Cidwics zwölf Jahre alter Sohn, wurde inthronisiert und gekrönt. Dann vergaßen die Erwachsenen über ihren Friedensverhandlungen den jungen König, der sich mit einem Veteranen des letzten Krieges anfreundete. Als die beiden Seite an Seite zur Falkenjagd ausritten, sprach Arthur zu Eisenherz und Sir Kay: „Schaut, eine Freundschaft kann stärker sein als ein Lehnseid, beschworen unter dem Eindruck der Übermacht.“

Ruddah, Cidwics jüngerer Bruder, hatte sich schon immer Hoffnungen auf den Thron gemacht. Mit Cidwics Tod war er seinem Ziel nähergekommen. Jetzt stand nur dieser Kinderkönig, sein Neffe Cuddock, ihm im Wege. Ruddah sah, wie zwei fröhliche Burschen in den Hof einritten. Nicht König und Prinz, zwei Freunde, die von der Jagd heimkehrten. Und Ruddah sah Arnes Köcher mit den Pfeilen an der Wand hängen. Er hatte eine Idee. Arnes Pfeile waren gut, und sie waren wegen der roten Federn und blauen Bänder unverkennbar. Nun setzte Ruddah seinen Plan listig in die Tat um. „Ihr Burschen", sprach er Cuddock und Arne an, „geht wie Frauen zur Jagd, laßt die Falken die Arbeit tun."

Ruddah erklärte weiter: „Nur wer ein wahrer Jäger, ein richtiger Sportsmann ist, weiß die Kunst Kaninchen zu jagen, über alles zu schätzen. Das verlangt Kraft und Geschicklichkeit, man muß sich unhörbar anschleichen, geduldig warten, genau mit Pfeil und Bogen zielen und schießen können. Drüben in der Senke ist ein großer Kaninchenbau, wo ich meine Fähigkeiten probe. Aber eine solche Jagd ist nichts für unerfahrene Jungen." Natürlich nahmen Cuddock und Arne Ruddahs Herausforderung an.

Ruddah säte Mißtrauen, streute Verdächtigungen aus: „Ich traue diesem Arne nicht. Sein Vater und unseres Königs Vater waren Todfeinde. Und Arne könnte einen Anschlag auf Cuddock verüben."

Als der Morgen dämmerte, saß Ruddah schon über der Senke. Er beobachtete, wie Cuddock und Arne die Festung verließen. In seinem Köcher steckten Arnes Pfeile. Gegen den Wind schlichen Cuddock und Arne sich an die Kaninchen an. Leise teilten sie das dichte Gebüsch. Nun stieg Ruddah von seinem Ausguck herab, näherte sich seinen Opfern. Daß er vorhatte, seinen Neffen, den jungen König zu ermorden, belastete nicht sein Gewissen. Seine Machtgier trieb ihn voran. Im Schutze eines Baumes sahen die beiden Jäger Kaninchen auf einer kleinen Lichtung herumhopsen. Arne legte seinen Pfeil auf den Bogen, bedeutete Cuddock, still zu sein. In diese Stille knackte ein Zweig. Arne drehte sich langsam um, sah eine Hand, einen Bogen, einen Pfeil.

Arne sprang zurück, stieß dabei den jungen König zur Seite. In diesem Augenblick ein Zischen. Dann schlug ein Pfeil mit aller Wucht in den Baum. Dort, wo eben noch Cuddock gestanden hatte.

Ein Geräusch verriet, wie der Angreifer sich durch das Gebüsch davonzuschleichen suchte. Blitzschnell legte Arne einen Pfeil auf den Bogen, zielte – pfeifend schnitt das schlanke Geschoß durch die Luft.

Cuddock, vor Schreck ganz bleich, zitternd vor Entsetzen über diesen Mordanschlag, dem er nur knapp entronnen war, zeigte erstaunt auf den Pfeil, der im Baum steckte. „Arne, ist das nicht einer deiner Pfeile?" Verwundert zählte Arne die Pfeile in seinem Köcher. „Irgendwer hat mir Pfeile gestohlen, drei fehlen noch. Wenn wir den finden, der diese Pfeile hat, wissen wir auch, wer dich ermorden wollte."

Nachdenklich meinte Arne: „Wenn dieser Pfeil sein Ziel getroffen hätte, wäre ich angeklagt worden als dein Mörder - als Königsmörder.“ Vorsichtig verließen die beiden Burschen die Senke.

Aber der Attentäter hatte mit sich selbst zu tun. Der Pfeil, den Arne in das Dickicht gejagt hatte, steckte in Ruddahs Rücken. Er griff zum Schaft, den Pfeil aus der Wunde zu ziehen. Zu seinem Entsetzen merkte er, wie leicht der Schaft sich in seinen Fingern drehte. Die Pfeilspitze eines Jagdpfeils ist fest mit dem Schaft verbunden, kann leicht entfernt werden. Aber die Spitze eines Kriegspfeils ist mit einem Bolzen am Schaft befestigt, bleibt in der Wunde stekken. Ruddah lehnte sich mit dem Rücken zum Felsen, stieß den Pfeil durch seinen Körper, bis die Pfeilspitze an seiner Brust durchbrach. Jetzt konnte er auch den Schaft entfernen.

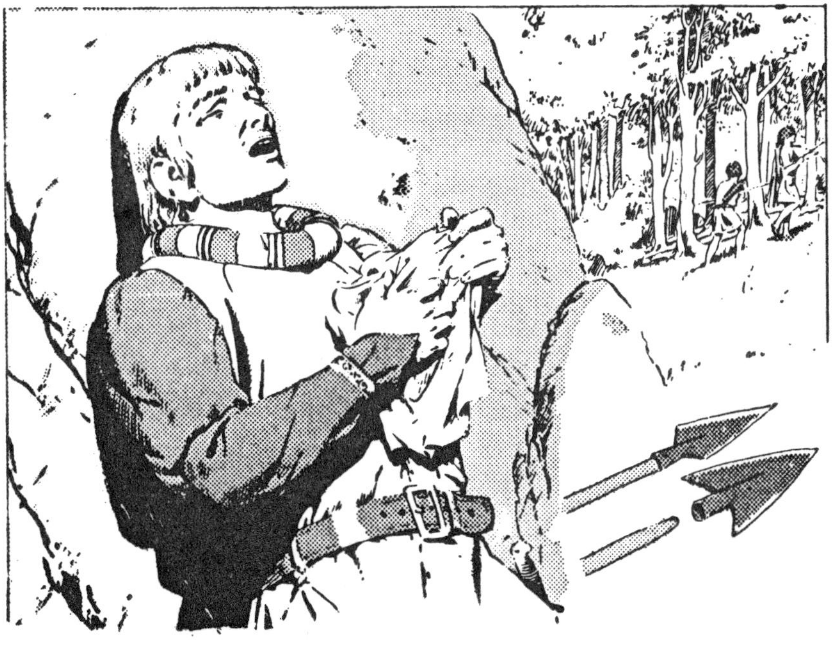

Arne und der junge König betraten die Festung. Doch waren sie in Sicherheit? „Dein Leben ist so lange bedroht, bis wir den Attentäter gefunden haben", erklärte Arne dem Freund, „ich werde mit meinem Vater beraten, was jetzt zu tun ist." Cuddock antwortete: „Ich suche meinen Onkel Ruddah und erbitte seinen Rat und seine Hilfe." – „Der feige Täter hat noch deine Pfeile", sagte Eisenherz, „sie werden ihn überführen." Da betrat der junge König verstört das Zimmer. „Mein Onkel Ruddah hatte einen Jagdunfall und liegt verwundet im Bett, und . . ." Cuddock zögerte, sprach stockend weiter, hielt Arnes Pfeile in der Hand, „die habe ich in seinem Köcher gefunden." Dieses Beweismittel genügte, die Ratgeber des königlichen Hofes zusammenzurufen. Nach der Beratung wurde drei Rittern befohlen, Ruddah vor das Tribunal zu bringen. Entschlossen machten sie sich auf den Weg.

Ruddah war nicht in seinem Zimmer. Der Hofarzt erklärte ihnen: „Vorhin hat er mich noch gerufen, seine Wunden zu verbinden. Doch jetzt ist er verschwunden.“ Ruddah, von wilden Schmerzen in Brust und Rücken gepeinigt, hatte sich versteckt, in einem kleinen Zimmer verkrochen. Seine klug ausgetüftelte List wendete sich nun gegen ihn. Die Pfeile, die Arne in Verdacht bringen sollten, waren jetzt Beweis gegen ihn selbst. Diese Pfeile mußten verschwinden. Ruddah schleppte sich zum Jagdzimmer. Zu spät, er fand den Köcher leer.

Ruddah schlich durch die Gänge der Festung, darauf bedacht, nicht erkannt, nicht festgenommen zu werden. Mit letzter Kraft gelang es ihm, die Stallungen zu erreichen. Schmerzgekrümmt hockte er auf dem Roß, das im Galopp die Festung verließ.

Die Versammlung am Königshof von Nord-Wales war sich einig. Ruddah, der versucht hatte, seinen Neffen, den jungen König zu ermorden, mußte gefangengenommen und vor Gericht gestellt werden. Sonst würde er unzufriedene Adelige um sich scharen, eine Revolte anzetteln, um den König zu stürzen. „Ich werde ihn stellen", rief Arne beherzt. Arne war so entschlossen, daß der junge König zustimmen mußte. Zwei Bewaffnete begleiteten den jungen Prinzen. In weitem Kreis umrundeten sie die Festung, bis sie einen Bauern fanden, der Ruddah gesehen hatte. Auf dem Weg zum Meer.

Der Tag ging seinem Ende entgegen. Ruddah hatte unerträgliche Schmerzen, mußte sich ausruhen, seine Wunden versorgen. Von einem Hügel sah Arne, wie Ruddah schwerfällig vom Pferd stieg. Arne entnahm seinem Köcher einen Pfeil. „Mein Bogen schießt nicht so weit“, sagte er zu einem der beiden Krieger, die ihn begleiteten, „dein Bogen ist größer und stärker.“ Arne reichte ihm den Pfeil. Der Schütze legte Arnes Pfeil auf seinen Bogen, zielte sorgfältig, das Geschoß schwirrte durch die Dämmerung.

Ein dumpfer Schlag weckte Ruddah. Am Baum, an dem er Ruhe gesucht hatte, steckte ein Pfeil. Mit roter Feder und blauem Band. Diese verfluchten Pfeile, sie verfolgten ihn, waren ein Zeichen seiner Schuld und seiner Verdammnis. Erschöpft bestieg er sein mattes Pferd, stolperte in die Nacht hinaus.

Beim ersten Dämmern des neuen Tages nahmen Arne und seine Männer die Verfolgung wieder auf. Sie wußten nicht, wie schwer Ruddah verletzt war, aber sie kannten ihn als gefürchteten Schwertkämpfer. Sie mußten ihn jagen bis zum Ende.

Zum erstenmal in seinem Leben war Arne voller Haß. Als die Nacht anbrach, schlich er zur Baumgruppe, wo Ruddah zuletzt gesehen worden war. Als dieser nach kurzem Schlaf aufwachte, fiel sein Blick auf einen Pfeil mit roter Feder und blauem Band. Er zertrat ihn voller Panik, kletterte aufs Pferd, ritt in die Nacht. An einem Fluß kamen ihm Gedanken ans Meer, an Boote, an Flucht und Rettung. Von einem Hügel sah Arne das Meer, ein Boot, dem sich Ruddah näherte. Der junge Prinz vergaß die Krieger, die ihn begleiteten, preschte zum Ufer.

„Los, bring mich auf die andere Seite, Tölpel!“ herrschte Ruddah den Fischer an. „Wir können jetzt nicht aufs Wasser, Herr. Die Flut steigt.“ Aber Ruddah, in Pein und Panik, duldete keinen Widerspruch, zog das Schwert. Der Fischer wagte zu sagen: „Wo der Fluß auf die Flut trifft, da lauert der nasse Tod.“ Ruddah streckte den Fischer nieder, schob mühsam das Boot ins Wasser. Die wilden Wasserwirbel schlugen ihm das Ruder aus der Hand, zerbrachen das Boot. Ruddahs letzter Blick fiel auf einen Burschen am Strand.

Als die letzte Planke des Wracks verschwunden war, wandte sich Arne um. Auch der Beobachter auf einem nahen Hügel, der seit Beginn dieser Menschenjagd immer in der Nähe gewesen war, kehrte zur Festung zurück. Prinz Eisenherz sang fröhlich vor sich hin. Hatte er doch erlebt, wie sein Sohn mit Mut und Klugheit eine schwere Aufgabe erledigt hatte. Arne war über seinen Erfolg nicht glücklich, wünschte sich, daß seine Mutter bei ihm wäre.

Arne erstattete dem jungen König Cuddock Meldung. König Arthur schmunzelte. Er erinnerte sich an einen anderen Burschen; Prinz Eisenherz war damals auch so alt gewesen, als er das erste Mal nach Camelot gekommen war.

König Arthur verließ mit seinem Ritterheer Nord-Wales. Prinz Eisenherz blieb zurück, Verwaltungsmaßnahmen zu treffen. Und Arne blieb noch bei seinem Freund Cuddock. König Arthur meinte, daß eine feste Freundschaft ein besseres Band wäre als jeder Vertrag. Als Vater und Sohn endlich auch auf dem Weg nach Camelot waren, trafen sie viele übermütige Ritter. Die Zeit der großen Turniere war da. Die Ernte war eingebracht, die Arbeit eines Jahres neigte sich ihrem Ende zu. Feste wurden gefeiert.

Die Fest- und Feiertage waren für alle eine Freude. Vielleicht nicht für jeden Burgherrn. Der Brauch verlangte, daß er Unterkünfte für seine Gäste zur Verfügung stellte, Speisen und Getränke und Spaß für die Vasallen, die Bauern und Knechte, für die Turniersieger angemessene Trophäen und Preise. So mancher Burgherr fürchtete, daß die Ernte eines Jahres nicht über den Winter reichen mochte. Die eingeladenen Gäste lebten im Luxus – auf frischem Stroh schliefen sie des Nachts in der großen Halle. Ihre Damen waren im ersten Stock untergebracht. So herrschte reger Verkehr auf den Treppen. Die jungen Ritter, die auf Tour waren, um bei den Turnieren

viel Ehre oder eine reiche Frau zu gewinnen, waren froh, wenn sie irgendeinen warmen Schlafplatz fanden.

Prinz Eisenherz und Arne waren jetzt in einer Burg eingetroffen, wo der kummervolle Hausherr sie herzlich einlud, zum Turnier zu bleiben. Es war für ihn eine große Ehre, den berühmten Ritter der Tafelrunde als Gast beherbergen und bewirten zu dürfen. Arne blickte sich neugierig um.

Morgens begann das Spektakel. Bogenschützen, Ringer, Ritter kämpften. Jongleure, Akrobaten, Zauberkünstler vervollständigten das Durcheinander. Abschied dann von einem Herrn über Trümmer und leere Speisekammern. Die Tour ging weiter, zum nächsten Turnier.

Der Zug bewegte sich von einer Burg zur anderen, von einem Turnier zum nächsten. Und jeder junge Ritter hoffte, zum Schluß das große Turnier auf Camelot zu erleben. – Es war Brauch, daß nach einem Zweikampf Pferd und Rüstung des Verlierers auf den Sieger übergingen. Man konnte allerdings sein verlorenes Gut wieder zurückkaufen. – Zwei simple Ritter – Bo, genauer Boswell Farnway, und sein lebenslänglicher Freund Chetworth Dillingford, genannt Chet – erfuhren denn auch die Launen des Schicksals. Bo hatte Chets Pferd und Rüstung gewonnen, und Chet hatte kein Geld. Beim nächsten Turnier machte er Bo einen Vorschlag: „Leih mir meine Rüstung, und ich werde Sir Plumpet zu einem Kampf herausfordern. Plumpet hat in der letzten Nacht so viel gezecht, daß er nicht auf einem Pferd sitzen kann.“

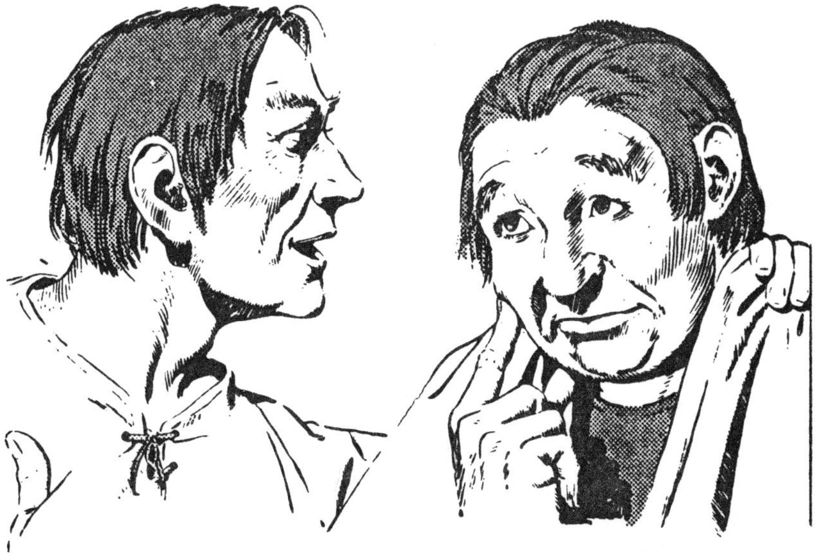

Bo erlag Chets Überredungskünsten, er gab widerwillig seine Zustimmung, und Chet durfte seine eigene Rüstung anziehen. Entweder hatte Sir Plumpet außergewöhnliches Glück, oder Chet hatte die Trinkfestigkeit des plumpen Ritters maßlos unterschätzt. Auf jeden Fall wurde Chet aus dem Sattel geworfen, verlor zum zweitenmal sein Pferd und seine Rüstung. Bo war kein großer Redner, aber was er zu sagen hatte, war laut und sehr deutlich. Schließlich hatte Chet genug Hohn, Spott und Verachtung über sich ergehen lassen. Er konnte es nicht mehr ertragen. „Halt's Maul!" fauchte er den Freund an, „wenn du windiger Dudelsack alles besser weißt und besser kannst, dann fordere doch den dicken Plumpet heraus."

Da lag der Ritter mit vollem Bauch, neben sich die Weinflasche, die er zur Feier seines Sieges über Chet geleert hatte. Bo forderte ihn heraus, erlebte die Verwandlung eines betrunkenen Ritters in einen Kämpfer – und fand sich im Staub wieder. Plumpets Sammlung war größer geworden.

Zwei Ritter ohne Rüstung hatten wenig Spaß am Turnier. Alles was ihnen wichtig war, hatten sie verloren. Chet, tief verschuldet gegenüber seinem Freund Bo, war verzweifelt. Er schnitzte sich einen Ast zurecht. Mitten in dunkler Nacht kroch er damit in Plumpets Flickenzelt, angelte sich seinen Schild, seinen Helm, seinen Sattel, sein Kettenhemd, den Weinkrug. Mit Farbe gab er Schild und Helm ein neues Aussehen. Er griff zum Krug, nahm einen kräftigen Schluck - und schmeckte Wasser. Sir Plumpet war also nicht der alte Trunkenbold, mit dem unerfahrene Ritter leichtes Spiel zu haben glaubten.

Chet war wütend. „Dieser gerissene Halunke“, flüsterte er und stahl ihm eines seiner Pferde. Dann versteckte er sich im Wald und wartete, daß es Tag würde, das Turnier begänne.

Bo konnte in dieser Nacht auch keinen Schlaf finden. Auch er schlich auf leisen Sohlen umher. Er hatte gesehen, wie Chet seine Ausrüstung wiedergewonnen hatte. Bo stülpte einen Sack über Plumpets Kopf, fesselte den Ritter, borgte sich dessen Ausrüstung, schlich sich wieder davon.

Ein neuer Tag, ein neues Turnier.

Das Los hatte entschieden, daß sich die Freunde Bo und Chet auf dem Turnierfeld als Gegner gegenüberstanden - ohne sich zu erkennen. Das merkten sie erst, nachdem ihre Lanzen sich verhedderten, sich beide aus dem Sattel hebelten. Krachend und scheppernd schlugen sie auf den Boden. Dieser Lärm wurde übertönt durch Plumpets lautes Geschrei nach Gerechtigkeit. Er hatte sich endlich befreien können, brüllte nach dem Gastgeber, dem Schiedsrichter, dem Scharfrichter. Und er erkannte, wer seine Rüstungen und Pferde gestohlen hatten. Das Urteil wurde verkündet: Bo und Chet sollten solange Sir Plumpet dienen, bis der Wert der Waffen, Rüstungen, Pferde abgearbeitet sein würde. Sir Plumpet war sehr zufrieden, kam sich wichtig vor. Er hatte zwei Gefolgsleute, die für ihn kochten, sein Zelt aufstellten, seine Pferde versorgten.

Je näher die Turnier-Tour Camelot kam, desto größer und prächtiger wurden die Wettkämpfe. Die Preise für die Sieger wurden wertvoller, aber auch immer bessere Kämpfer beteiligten sich. Doch Sir Plumpet, der Veteran der ländlichen Turniere, fühlte sich immer noch unter seinesgleichen - den vornehmen Rittern, die sich sogar Diener leisten konnten. Er wurde herausgefordert. Und er verlor den Zweikampf, seine Selbstsicherheit und seine Gemütsruhe. Jeden Kampf nahm er an. Am Ende des Tages schleppten Sir Chet und Sir Bo ihren geschlagenen und zerschlagenen Meister vom Kampfplatz.

Als alter Trunkenbold, für den er sich ausgegeben hatte, hatte Sir Plumpet viele rostige und verbeulte Rüstungen und manchen lahmen Gaul gewonnen. Jetzt blieben ihm nichts als ein geflicktes Zelt und zwei hungrige Junker als Diener.

Prinz Eisenherz und Arne hatten während der ganzen Tour amüsiert das Treiben der drei merkwürdigen Ritter beobachtet. Und wenn sich das Glück der drei komischen Krieger nicht wendete, dann würden sie einen langen Weg bis nach Hause zurücklegen müssen. Ohne Geld, ohne Ausrüstung, zu Fuß.

Für diese schwierige Lage bot Prinz Eisenherz eine Lösung an: „Mein Sohn und ich wollen die Reise nach Camelot bequem und gemütlich fortsetzen. Ich bin bereit, für das Zelt und die Schulden von Sir Chetworth und Sir Boswell zu zahlen."

So machte sich Sir Plumpet auf den langen Heimweg zu seiner Farm, laut und ausgelassen gröhlend. Fröhlich klimperten die Münzen im Beutel.

„Da geht der alte Plumpsack. Wir sind frei!" schrie Chet voll Übermut. „Ihr seid frei, wenn ihr die Schulden abgearbeitet habt, die mir Sir Plumpet abgetreten hat", sprach streng Prinz Eisenherz.

In Regen und Schlamm beschlossen Eisenherz und Arne den schnellsten Weg nach Camelot zu nehmen. Zum Glück bietet auch ein geflicktes Zelt Schutz. Chet flüsterte: ,,Wenn wir ihre Pferde und Rüstungen ausborgen, können wir am nächsten Turnier teilnehmen, Ruhm und Ehre zu gewinnen.'' ,, Halt den Mund'', zischte Bo. - In der Nähe von König Kadonocs Schloß - die Sonne schien - wollte Eisenherz noch ein Turnier erleben.

Dieses Turnier versprach, ein glänzendes und großartiges Ereignis zu werden. Viele berühmte Ritter versammelten sich hier, und Prinz Eisenherz dachte, auch etwas zu üben und an den Wettkämpfen teilzunehmen. Ein Turnier war nicht nur ein kriegerisches Spiel. Es war Jahrmarkt, Messe, Zirkus. Prinz Eisenherz kaufte sich einen Turnierhelm. Chet und Bo bauten inmitten der reichen Zelte das Flickenzelt auf. Hohn, Spott und Gelächter verstummten, als Chet Eisenherz' Schild aufhängte. Es war bekannt, daß es jeder schnell bedauerte, der sich lustig machte über den Träger des Wappens mit dem roten Hengst.

Mit Pomp und Pracht wurde das Turnier eröffnet. Zuerst gab es den großen Tumult, das allgemeine Getümmel und Gerangel. Die Wettstreiter standen sich in zwei gleichen Reihen gegenüber. Auf ein Zeichen des Zeremonienmeisters donnerten die Reiter aufeinander los.

Lanzen brachen. Pferde und Reiter stürzten. Pferde und Rüstungen der geschlagenen Ritter gingen hier nicht auf den Sieger über. Wer hätte auch bei diesem Durcheinander sagen sollen, wer wen aus dem Sattel geworfen hatte. Wer am Ende des großen Tumults noch auf dem Rücken seines Pferdes saß, stellte sich zur Herausforderung auf. – Rory MacAin, ein junger Ritter aus Irland, wollte seine Geschicklichkeit unter Beweis stellen. Siegesstolz blickte er in die Runde, ritt langsam über den Turnierplatz, senkte seine Lanze . . .

. . . und berührte den Schild von Prinz Eisenherz. Die Herausforderung zu einem Zweikampf. Chet und Bo sahen, wie die zwei Kämpfer ihre Helme aufsetzten, die Lanzen einlegten, gegeneinander preschten.

Beim ersten Gang blieben beide Ritter im Sattel. Der junge ruhmsüchtige Rory MacAin hatte Prinz Eisenherz zu drei Gängen herausgefordert. Beim zweiten Gang wurde Rory aus dem Sattel geworfen. Kaum lag er am Boden, fielen Chet und Bo über ihn her, zerrten ihn aus seiner Rüstung.

Rorys Ausrüstung war zwar auf Prinz Eisenherz übergegangen. Aber die Gier seiner zwei Knappen hatte ein schlechtes Licht auf Eisenherz' Benehmen geworfen. Er trat zu Rory, sich zu entschuldigen. Der junge irische Ritter war wütend: „Hier, mein Geldbeutel. Ich will meine Sachen auslösen." „Ihr seid ein kühner Bursche", sagte Eisenherz anerkennend, „die Rüstung gehört Euch, ich will kein Geld dafür." Aber sie war verschwunden. Auf die heftigen Vorhaltungen seines Herrn deutete Bo voller Einfalt dorthin, wo sich die Ritter aufgestellt hatten. Und da, auf Rorys Roß und in seiner Rüstung – Sir Chet! Der Zeremonienmeister und seine Marschälle sahen jetzt auch den frechen Eindringling in der Reihe der ehrenhafter Ritter. Bevor sie überlegt hatten, wie sie diese Ungehörigkeit ahnden könnten, war Prinz Eisenherz in den Sattel seines Pferdes gesprungen, hatte sich den Helm aufgesetzt, die Lanze ergriffen, war quer über den Turnierplatz geritten.

Chet sah, wie Prinz Eisenherz direkt auf ihn zupreschte. Der arme Ritter schüttelte sich. „Das ist nicht fair", knurrte er, „ein Ritter der Tafelrunde hat gefälligst zu warten, bis er herausgefordert wird. Sonst könnte man glauben, er sucht sich einen schwachen Gegner." Da berührte schon Prinz Eisenherz mit seiner Lanze den Schild. „Vielleicht gewinne ich. Ich bin nämlich der tapferste Krieger in unserem Dorf", sagte Chet und träumte von künftigem Ruhm. Wenn er von seinen falschen Hoffnungen und trügerischen Träumen kuriert werden sollte, und von seiner Unart, dauernd zu borgen – dann hatte Eisenherz das richtige Rezept. Und er behandelte Chet so, daß ihm für immer die Lust an Ritterspielen verging.

Der Zeremonienmeister gab Chet Gelegenheit, zu meditieren. Bo flehte Prinz Eisenherz an: „Herr, Chet ist mein bester Freund, mein einziger Freund. Darf ich die Hälfte seiner Strafe absitzen?“ Eisenherz war gerührt. Er bewirkte Chets Freilassung, gab den beiden armen Rittern zwei Packpferde und schickte sie heim. Und da ohne Chet und Bo die Turniere langweilig zu werden versprachen, ritten Eisenherz und Arne nach Camelot, freuten sich auf zu Hause.

Camelot! Es war schön, wieder in Camelot, dem Schloß der Wunder, zu sein. König Arthur, an seiner Seite Königin Ginevra und Sir Lancelot. Prinz Eisenherz und sein treuer Gefolgsmann knieten vor dem Thron, dem König zu huldigen. Da! Schreie des Entzückens, Getrappel von kleinen Füßen. Und der feierliche Augenblick war schnell vorbei. Karen und Valeta begrüßten ihren Vater. König Arthur lächelte weise. „Nie haben wir einen Vater mit mehr Freude begrüßt. Wir haben die Dänen geschlagen, wir halten die Sachsen in Schach. Aber gegen den Überschwang Eurer Töchter sind wir hilflos."

Aus dem Publikum ertönte Aletas ruhige Stimme, die Zwillinge an ihr Betragen erinnernd. Sie knicksten artig vor dem Thron. Schon sehr früh hatten sie gelernt, sich im Beisein ihrer Mutter lieber wie Engelchen zu benehmen.

Prinz Eisenherz erhielt Urlaub, der gute König Arthur wußte, wie sehr sich sein Ritter nach seiner Familie sehnte. Eisenherz wollte zum Südturm, wo sie Quartier erhalten hatten. Aleta nahm ihn bei der Hand. ,,Wir haben ein neues Heim.'' Sie führte ihn aus dem Schloß bis an die Außenmauer von Camelot, zeigte ihm das neue Zuhause. Es gab einen Hof, einen Brunnen, einen Garten, Speisekammer und Küche.

Prinz Eisenherz seufzte zufrieden. Einen Teil seines Lebens hatte er zu Pferde verbracht, in Feldzügen, auf öden Festungen und kahlen Burgen. Fast hatte er die Freuden eines gemütlichen Heims vergessen. Aleta empfand stille Freude des Familienglücks wegen, doch dann hatte sie wieder etwas zu sagen: „Ein Palast ist kein Platz für Kinder. Jeder verdirbt sie, und Königin Ginevra ist die schlimmste, sie kann ihnen keinen Wunsch abschlagen.“

Der Stall war kein Platz für einen Hengst wie Arwak. Er wurde auf die Weide geschickt, war wieder König und Beschützer einer Herde von Stuten.

Pferdeburschen brachten die Fohlen, die von Arwak abstammten. Prinz Eisenherz war stolz, das war sein wahrer Reichtum. Nur wenn König Arthurs Ritter gut beritten waren, konnten sie es mit den Sachsen aufnehmen.

Prinz Eisenherz freute sich von Herzen, als ein Bote ihm die Nachricht brachte, daß Sir Gawain in Camelot wäre, ihn in der Taverne „Zum Goldenen Hahn" treffen wolle. Eisenherz begrüßte überschwenglich den Freund, doch der sagte kurz: „Komm mit. Es findet eine Zusammenkunft statt."

Ein ernster und besorgter Gawain öffnete eine Tür, ließ den verwirrten Eisenherz in einen überfüllten Raum eintreten, wo Modred, ein Neffe des Königs, die Versammlung leitete. ,,Die Regeln und Gesetze der Tafelrunde müssen geändert werden", sagte er gerade, ,,achtzehn lange Jahre haben wir für den König gefochten. Die Beute hat immer er erhalten, wir haben nur Wunden und Narben bekommen! Der Sieger gewinnt. Was haben wir nach unseren Siegen gewonnen? Wir sind arme Ritter geblieben!" Zustimmendes Gemurmel begleitete diese scharfen Worte.

Modred merkte, daß ihm Prinz Eisenherz keinen Beifall spendete. „Sir Eisenherz stimmt nicht mir mir überein?“ fragte er. „Nein, Sir Modred. Der König hat ebensoviel Wunden und Narben wie ein jeder von euch. Und der Reichtum kommt dem Königreich ebenso zugute wie dem Allgemeinwohl, der Tafelrunde und der Gefolgschaft. Ohne die bestehenden Regeln würde die Gefolgschaft sich in plündernde Banden auflösen, die von den Sachsen zermalmt würden. Besser ein treuer Ritter des Königs als ein Sklave der Sachsen!“ Modreds Gesicht blieb ausdruckslos. Nur seine Augen blickten giftig.

Prinz Eisenherz verließ den Raum. Ein Blick zurück – kein Ritter der Tafelrunde war anwesend. Nur eifrige junge Ritter, die sich leicht vom gerissenen Modred beeinflussen ließen. Modred wendete sich Gawain zu. „Ich habe dich gewarnt, diesen halsstarrigen Lakai des Königs hierherzubringen. Nur der Tod kann seine hochmütige und selbstgefällige Tugend besiegen.“ Modred hob die Versammlung auf. Er hatte Unzufriedenheit und Haß in die Herzen der jungen Leute gesät. Aber Eisenherz' ehrliche Worte hatten all sein Bemühen um den Erfolg gebracht.

Nur der Loth-Clan blieb im Raum. Die vier Söhne König Loths: Gawain, Gareth, Gaharis, Agravaine – und ihr Halbbruder Modred. Und Modred war klug, ehrgeizig, rücksichtslos und gängelte und beherrschte seine Brüder. „Solange Lancelot zur Rechten Arthurs sitzt, solange ist des Königs Macht nicht zu brechen. Anstatt Reichtum und Macht, die uns zustehen, zu erlangen, werden wir weiter des Königs Knechte sein.“

„Jeder weiß, daß Ginevra den Ritter Lancelot liebt. Wenn wir ihre Eifersucht wecken, wird's ein Zerwürfnis geben. Und wenn wir Prinz Eisenherz' Frau in diesen Skandal verwickeln . . ." „Nein!" donnerte Gawain empört, „Eisenherz ist mein bester Freund. Kommt ihm nicht zu nahe!" Gawain ging. Er besuchte Eisenherz und Aleta, verharrte in verwirrtem Schweigen. Er war zerrissen zwischen seiner Zuneigung und Liebe zu den beiden und der Treue zu seinen Brüdern.

„Seit einer Stunde bist du hier, ohne mir zu sagen, wie schön ich sei", meinte Aleta, „bin ich häßlich geworden, Gawain, oder hast du Sorgen?" „Ach was, mit meinen Sorgen werde ich fertig. Aber paßt auf, daß man euch keine macht."

Sie saßen noch beisammen. Gareth, ein guter Ritter, aber seinem Bruder blindlings folgend. Gaharis, seinem Führer bis zum bitteren Ende die Treue haltend. Agravaine, grausam und dumm. Und ihr Halbbruder Modred.

Modred sprach auf seine Brüder ein: „Wir sind die Königssöhne. Wir haben mehr Anspruch auf den Thron als Arthur. Er und sein Vater Uther Pendragon haben unsere Familie erniedrigt. Lancelot hat euch alle bei den Turnieren in den Staub geworfen. Und Königin Aleta war schon immer gegen mich.“ Für Modred wog dies besonders schwer. „Morgen werden Prinz Eisenherz und seine Familie bei dem König und der Königin zu Abend essen. Wenn unser Plan gelingt, wird die Einheit von König und Gefolgschaft zerbrechen.“

Dieses Essen war ein gelungener Abend. Aleta hörte stolz, wie Arne dem König seine Abenteuer von der

Kampagne in Nord-Wales erzählte. Und wie immer verwöhnte die Königin die Zwillinge mit zu vielen Naschereien. Die Erwachsenen saßen noch bei einem Glas Wein zusammen, aber Karen und Valeta hielt es nicht länger. Sie rannten aus dem Saal und trafen Gaharis. Er erzählte von aufregenden Schätzen in seinem Zimmer. Die beiden neugierigen Kinder baten, diese Wunder sehen zu dürfen.

Aleta, auf der Suche nach den Zwillingen, traf Gareth, fragte, ob er sie gesehen hatte: „Ja", stammelte er, denn sein Herz und sein Gewissen fühlten das Unrecht dieser Verschwörung, „sie rannten zum Garten der Königin."

Agravaine hatte Sir Lancelot endlich gefunden. „Die liebliche Königin Aleta hat Ärger mit ihren Zwillingen", lachte er, „sie haben sich in der Königin Garten versteckt. Sie muß die beiden finden, ehe sie sich erkälten." Der hilfsbereite Lancelot eilte gleich zum Garten. „Kommt Ihr mit?" fragte er Agravaine. „O nein, die Königin ist mir nicht günstig gesonnen. Sie würde es mir sehr verübeln, wenn ich mich in ihrem Garten herumtreibe."

Sir Lancelot, ein schöner und auf sein Aussehen bedachter Ritter, packte seinen kostbaren Umhang, hob ihn hoch, ihn nicht den staubigen und feuchten Gräsern und Blumen auszusetzen. Er schritt durch die Gartenpforte. Ein edler Ritter, den Schwachen und Bedrängten seine Hilfe zu bringen. – Aus dem tiefen Schatten schlüpfte Modred, hinterhältig grinsend . . .

. . . und schloß die Gartenpforte ab. Im Pavillon traf Lancelot Aleta. „Ich habe die Kinder überall gesucht, sie sind nicht hier", erklärte Aleta. Als sie den Garten verlassen wollten – standen sie vor verschlossener Tür.

Inzwischen hatten sich die Zwillinge längst eingefunden. Prinz Eisenherz dachte an Gawains Warnung.

Arne begleitete seine Schwestern den Weg von Camelot durch die Gassen bis nach Hause. Dort würde sicher die Mutter schon warten, dachte er. Aber er wurde enttäuscht, sie war nicht da. Schnell rannte er den Weg zum Palast zurück.

Auf der Suche nach seinem Vater eilte er durch die Gänge, über Treppen, durch Flure. Und so wurde er Zeuge, wie Modred, mit einem Schlüssel spielend, seinen Brüdern sagte: „Dieser Schlüssel wird verraten, daß noch andere Figuren in der Königin Garten sind – als die aus Marmor. Wenn der Morgen anbricht, dann wollen wir uns wieder treffen. Und bringt alle die mit, die Zeuge eines ko-

mischen Schauspiels sein möchten." Arne huschte weiter.

Aleta und Lancelot waren Gefangene, eingesperrt im Garten, in der Kälte der Nacht. Der frierenden Aleta hatte Lancelot seinen Mantel gegeben. Sie waren hilflose Gefangene in einem Garten, der sonst der ungestörten Ruhe Königin Ginevras diente. Hohe Mauern umgaben ihn, kein Fenster blickte auf ihn hinab. Die großen Bäume und dichten Büsche dämpften jeden Hilferuf.

Sollte das schändliche Spiel Modreds erfolgreich sein? Sollte sein schlimmer Verrat gelingen?

Arne fand Prinz Eisenherz, der Sohn meldete dem Vater: ,,Karen und Valeta sind zu Hause. Aber keiner weiß, wo Mutter ist'', und er berichtete auch von seiner Begegnung mit Modred und dessen Halbbrüdern. Und welche Worte er dabei aufgeschnappt hatte. ,,Ich weiß nicht, was das mit dem Verschwinden deiner Mutter zu tun hat'', sagte Eisenherz, ,,aber es ist wichtig, Modreds Plan zu vereiteln.''

An der Pforte zum Garten der Königin stand ein verwirrter Wachsoldat. ,,Ich kann Euch nicht einlassen, Prinz Eisenherz. Das Tor ist fest verschlossen. Der Schlüssel ist verschwunden, wir haben schon überall gesucht, ohne Erfolg.'' Nachdenklich verließen Eisenherz und Arne den Palast.

„Komm, Arne, wir besorgen uns eine Leiter. Wenn wir auch deine Mutter jetzt nicht finden können, so laß uns eine gute Tat tun. Durchkreuzen wir heute nacht Modreds finsteres Vorhaben." Aus einer Scheune schleppten die beiden eine Leiter im Mondlicht über den Schloßhof. Leise näherten sie sich den hohen Gartenmauern, lehnten die Leiter an. Prinz Eisenherz stieg flink hinauf, erreichte die eisenbewehrte Mauerkrone, blickte in den Garten. Und was mußte er sehen?

Sir Lancelot stapfte auf und ab, um sich warm zu halten. Aleta, eingehüllt in Lancelots Mantel, saß fröstelnd auf den Stufen des Pavillons. „Ist es nicht etwas zu kühl für ein Picknick im Freien?" fragte Eisenherz.

„Sind die Kinder zu Hause?“ fragte Aleta, und Lancelot schimpfte: „Mein Schwert wird ein Picknick feiern, mit denen, die uns eingeschlossen haben.“ Arne wurde geschickt, Decken und Mäntel zu holen, während Eisenherz ins Schloß eilte und einen Korb mit Lebensmitteln füllte. Dann wurde die Leiter in den Garten hinabgelassen.

„Unser Picknick ist wahrlich sehr kalt", sagte Prinz Eisenherz und hatte längst den Anflug von Eifersucht vergessen, „aber Mitternacht ist schon lange vorbei. Und wenn ich richtig vermute, werden die Possenreißer in der Morgendämmerung euch beide entdecken, und wir werden endlich entdecken, was gespielt wird."

Katzenleise schlich Modred zur Gartenpforte, holte den Schlüssel aus seiner Tasche, schloß das Tor auf. Seine Kumpanen waren durch das Gebäude gelärmt, hatten mit Schreien und Rufen eine Suche nach Aleta vorgetäuscht, dabei viele Leute geweckt, daß sich eine stattliche Schar von Zeugen gesammelt hatte. „Diese Tür, wohin führt sie? In der Königin Garten?" fragte Modred, „hier haben wir noch nicht gesucht. Öffnen!"

Modred ging durch den Garten, hinter ihm eine neugierige und sensationslüsterne Menge. Vor dem Pavillon blieb er stehen, Überraschung heuchelnd. „Überall haben wir nach Lady Aleta gesucht. Entschuldigt gnädigst, ich sehe, wir stören nur Euer trautes Stelldichein.“ Dann wich der triumphierende Blick aus Modreds Augen. Prinz Eisenherz und Arne traten hinter den Säulen hervor. Modreds Plan, einen Skandal hervorzurufen, Zwietracht und Eifersucht zu entfachen, war gescheitert. Sein verräterischer Vorwurf gegen Aleta und Lancelot hatte sich als Lüge erwiesen. Hinter seinem Rücken wurde gelacht.

„Sir Modred", mit schneidender Stimme sprach Prinz Eisenherz, „Eure Worte haben die Ehre meiner Gattin befleckt!" Modred wußte, das war eine Drohung von tödlicher Kälte. Das bedeutete nur eins: Zweikampf – und sicheren Tod. Er war kein Feigling, aber er mußte am Leben bleiben, sein Vorhaben zu verwirklichen. Er unterdrückte seinen wilden Stolz, entschuldigte sich sehr demütig. Modred wußte, irgendwann würde die Wahrheit über seinen Verrat zu Tage treten. Dann mußte ein Zweikampf mit Prinz Eisenherz unvermeidlich sein. Modred ließ seine Sachen zusammenpacken.

So verließ der finstere Modred Camelot. Er zog heim nach Lothian, um neue Pläne zu schmieden, König Arthur die Krone Britanniens zu entreißen.

Und Prinz Eisenherz? Wird er sich nun in Frieden seiner Familie widmen können? Oder hält das launische Schicksal neue Überraschungen und Abenteuer bereit für den Ritter ohne Furcht und Tadel?

Prinz Eisenherz

1 In den Tagen König Arthurs / Kämpft gegen die Hunnen / Im Mittelmeer

2 Auf gefährlichen Reisen / Die goldene Prinzessin / In der neuen Welt

3 Zwischen Leben und Tod / Reitet für Thule / Sein Freund Boltar

4 Bändigt Rebellen / Befreit Aleta

5 Die Herausforderung / Im Auftrag des Königs

6 Im Kampf gegen Dänen und Sachsen / Die Reisen in den Orient

7 Abenteuerliche Rückkehr nach Camelot / Verrat an König Arthurs Hof

8 Der Sieg über die Sachsen / Ein Kampf um Thule

9 Rothäute und Bleichgesichter, / Verrat und Maskeraden

10 Die grosse Jagd / Der Sklavenaufstand